つーか、もうあたしを好きで
いいんじゃないですか？
妹のほうが
お姉ちゃんより
あたし可愛いですよ、先輩？

ウチの亜月ちゃんを
愛してるということなのですよね？
天詞《あまつか》彩陽《あやひ》
品行方正、成績優秀、
スポーツも万能。
「天使」というあだ名も付け
られる高校２年生

あたしと理玖先輩は
こういう関係だからね！
天詞《あまつか》亜月《あづき》
彩陽の妹で高校１年生。
校則無視のパーカーにミニスカートで、理玖にいつも付きまとう
風堂《ふどう》理玖《りく》
彩陽を目標として、成績では彼女を上回る高校２年生。
彩陽が好きで告白を図るも、亜月に邪魔をされる
俺は別に亜月のことは
好きでもなんでもない！

あたしの私服も可愛いでしょう!
先輩だって短いほうが好きなくせにぃ♥
家庭教師、お願いします!
授業料はあたしのボディで♥
超ミニスカな亜月ちゃんですよ!

まずは亜月ちゃんで経験積むんですよ……
ああっ、セイラ!?
このアバズー!お嬢様は連れて帰るわ
世良《せら》セイラ《せいら》
小柄で童顔な理玖のクラスメイト。その正体は天詞家にて働く使用人
世界中の男の子たちが夢見る裸エプロンですよ♡

ホントにごめんね、先輩――
悪魔は、自分のためにしか
動かないんだよ

いつまでも、可愛いだけの
後輩を演じていられない

あれー、先輩。
亜月ちゃんのこと好きになりました？
（あたしは、先輩のこと好き）
ウザ面倒な
後輩だな！
あたしがずっと
追いつけない姉
とっても可愛い妹
亜月《いもうと》ちゃんと仲良しな
クラスメイト
憧れの同級生。
いつか告りたい。

Check!

先輩とお姉ちゃんと亜月ちゃんの関係図

妹《あたし》のほうがお姉ちゃんより可愛いですよ、先輩？

鏡遊

ファンタジア文庫

2987

口絵・本文イラスト　なつめえり

目次ですよ！

プロローグ

「ねーねー、先輩《せんぱい》。遊びに行きましょうよ～」

「見てのとおり、勉強中だ。俺に遊んでる余裕《よゆう》などない」

放課後の教室、クラスメイトたちはとっくにみんないなくなっている。

俺は自主的に居残りして、参考書を睨《にら》みながら勉強中。

「見てのとおり、あたしは先輩を堕落《だらく》の道にお誘《さそ》い中です！　余裕がなくてもいいから遊びましょうよ！　人生、棒に振《ふ》りましょうよ！」

「すげぇ誘い文句だな！　亜月《あづき》は一人でどこにでも行けばいいだろ！」

俺の前の席に、後ろ向きで座っているのは後輩《こうはい》の天詞《あまつか》亜月。

クセのある茶髪《ちゃぱつ》、余裕で校則違反《いはん》のパーカーにミニスカートの派手すぎる女子だ。

「えーっ、こんなに可愛《かわい》くておっぱい大きい後輩が誘ってるのに？　ほら見て見て、軽い上下運動でこんなにも乳揺《ゆ》れしますよ？」

「そんなもん見せられても、絶対に揉《も》まねぇからな！」

「揉ませるとは言ってませんよ!?」

おっと、失敗。確かに亜月の胸は高校一年生とは思えないほど立派だ。

だが、俺の向学心はおっぱい程度では揺るがない。

「いいから、とっとと帰れ。いくら邪魔《じゃま》しても無駄《むだ》だからな、無駄」

「そんな、あたしは先輩のためにこの身を捧《ささ》げてきたのに……そんな健気《けなげ》で忠実な後輩を邪魔って……」

「うっ……じゃ、邪魔って言ったのは悪かった。そうだな、遊びには行けないが、少し話し相手になるくらいなら……」

「ハーイ、キタキタキタキター！　なんだかんだで先輩ったら亜月ちゃんのこと大好きなんだから～w　ですよね、勉強よりおっぱいですよね！」

「あ、てめぇ、また無駄に演技力発揮しやがって！　つーか、抱《だ》きついてくんな！」

「嬉《うれ》しいくせに～！　まったく先輩ってばザコメンタルなのに、ぶっきらぼうなフリしちゃって面倒《めんどう》くさいですよね～！」

「面倒くせぇのはおまえだ！」

ああ、どうして俺はこんなウザ面倒くさい後輩に目を付けられてしまったのか。

しかも、こいつとは切るに切れない縁《えん》ってやつまであるのが困ったものだ――

1　まさか告るとは思ってませんでした

高校二年生の夏は、たった一度しかない。

俺はそんなことにも気づいていなかった。

中古の型落ちスマホを取り出して、写真を表示させる。

写っているのは、先日、俺が通う貴秀院《きしゅういん》高校の廊下《ろうか》に貼《は》り出された、一学期中間テストの結果だ。

貴秀院では年五回の定期テストのたびに、上位五十名までの氏名と順位、合計点数が公開される。

進学校である貴秀院では、そこに名前を記されることが大きな意味を持つ。

二年生の上位五十名のトップ、一位の名前は――風堂理玖《ふどうりく》。つまり、俺。

貴秀院でトップクラスに入るということは、全国レベルでも上位ということだ。

決してお山の大将ではない。

結果発表の翌日、俺が他の生徒がいない早朝に登校して、廊下に貼り出された用紙をスマホで撮影《さつえい》したことを、誰《だれ》が責められるだろう。

貴秀院に入学して一年、初めての首位だった。

記念に写真くらい撮《と》ったっていいだろ。文句あんのか。

そして、自分の名前のアップともう一枚——二位の名前とともに撮影した。

二位の生徒の名前は〝天詞彩陽《あまつかあやひ》〟。

彩陽は一年生時は、すべての定期テストで常にトップだった秀才《しゅうさい》だ。

そんな彼女の首位転落は、校内ではけっこうな大事件だった。

二年生はもちろん、関係ないはずの三年生や一年生まで騒《さわ》いでいたほどだ。


「おはようございます、風堂くん。気持ちのいい朝ですね」


ふと思い出す——ある日の昇降口《しょうこうぐち》、下駄箱《げたばこ》の前。

下駄箱を開けて、靴《くつ》から上履《うわば》きに履き替《か》えていた天詞彩陽を見たことがあった。

長くて艶《つや》やかな黒髪《くろかみ》、奇跡《きせき》のように整った美貌《びぼう》、すらりと細い身体《からだ》。

上履きに履き替えるために屈《かが》んだときに、膝丈《ひざたけ》のスカートからわずかに覗《のぞ》いた真っ白な太もも。

俺に気づくと、軽やかに振り返って、朝の挨拶《あいさつ》をしてきた。

ブラウスとスクールベストに包まれた胸元が豊かに盛り上がっている。

思わずそんなところに目がいったことを恥《は》じながら、「ああ」とぶっきらぼうに挨拶を返すのがやっとだった。

俺の目線には気づいた様子もなく、愛想のない挨拶も気にせず、彩陽はにっこりと笑ってくれた。

天使――などというひねりのないあだ名がつけられるのも納得というものだ。

彩陽は成績優秀《ゆうしゅう》、品行方正、性格も文句のつけようがない。

スポーツも万能で、中学時代は軟式《なんしき》テニスで全国大会にも出場しているらしい。

鍛《きた》えている上に行儀《ぎょうぎ》がいいので、なんでもない動きにすら見とれてしまう。

ただ歩いているだけで、絵になる女の子なのだ。

なにをやらせても完璧《かんぺき》な彩陽に、俺はテストの総合得点で勝利した。

はっきり言おう――俺は、天詞彩陽のことが好きだ。

彩陽のことが好きで好きで、本当に好きで。

万能な彼女に並び立てるものを一つでも持てるように、死に物狂《ぐる》いで努力して。

ようやく、成し遂《と》げたのだ。テストで彩陽を越《こ》えるという快挙を達成した。

だから――告白したっていいじゃないか！

たった一度の高二の夏を好きな女子と過ごしたいじゃないか！

六月上旬《じようじゆん》、衣替《ころもが》えが済んで数日経《た》ったある日。

俺は、クラスメイトでもある彩陽の机にラブレターを忍《しの》ばせた。

告白の手段については、一週間ろくに眠《ねむ》らずに考え抜《ぬ》いたが――

彩陽の連絡《れんらく》先も知らないし、どこかで会う約束を取りつけられる関係でもない。

そうなると――ラブレターしかないだろう？　反論は受け付けない。

同じクラスなのだから、彩陽の机の位置は知っている。

十六時間かけて書き上げた、たった便せん一枚分のラブレターを、俺は何食わぬ顔で彩陽の机に滑《すべ》り込ませることに成功した。

クラス全員が教室移動で出て行ったのを見計らい、彩陽の机の横を通り過ぎつつノールックで滑り込ませるという無駄に高度な技術を使った早業《はやわざ》だった。

もちろん、自宅で綿密な練習を積んだ上で決行した。

そこまでできれば、あとはもう彩陽がラブレターを発見するのを待つのみだ。

どんなに遅《おそ》くとも、彩陽はその日のうちにラブレターに気づくだろう。

優等生である彼女は自宅で予習や復習を怠《おこた》らないだろうし、その際にラブレターを発見するはずだ。

というわけで――

「すみません、風堂くん。今日の放課後、十七時に教室でお話しできますか？」

彩陽が話しかけてきたのは、俺がラブレターを仕込んだ翌日だった。

体育の着替《きが》えのために教室を出たところで、たたたっと小走りに駆《か》けてくる音が聞こえたかと思うと、彩陽が小声でささやき、そのまま通り過ぎていったのだ。

来た！　マジで来た！

彩陽と話せるだけで、ラブレター仕込んだ甲斐《かい》があった！

ＬＩＮＥの既読《きどく》スルーでも傷つくだろうに、ラブレターなんて大げさなものを出しておいて無かったことにされたら、再起不能やむなしだった。

そんな不安は彩陽のささやきで吹《ふ》き飛び、その場で小躍《こおど》りしないためにはかなりの精神力を要した。

「ん？」

「ささっ」

今、廊下の曲がり角で、邪悪《じゃあく》な笑みが見えたような気がした。

一瞬《いっしゅん》で角の向こうに消えてしまったので、よく確認できなかった。

「なんだったんだ……？　まあ、いいか」

なにやら嫌《いや》な予感がするが……追いかけるほどのことではないだろう。

このなんでもない判断が、俺の運命を螺旋《らせん》階段のようにねじ曲げてしまうのだが――

それはのちのお話。


待ちに待った放課後になり、一度教室を出た。

図書室で勉強して時間を潰《つぶ》し、頃合《ころあ》いを見計らって教室に戻《もど》る。

教室の扉《とびら》を開くと――当然、彩陽の姿があった。彼女が約束を違《たが》えるはずもない。

艶《つや》のある長い黒髪に、白い半袖《はんそで》ブラウスにスクールベスト、胸元のリボンも緩《ゆる》めることなく結んである。スカート丈《たけ》は慎《つつ》ましい膝丈。

可憐《かれん》にして清楚《せいそ》、どこに出しても恥ずかしくない美少女っぷりだ。

俺は決して女性を見た目で判断しないが、それでも彩陽の容貌《ようぼう》にはついドキドキしてしまう。

「あ、風堂くん。ごめんなさい、わざわざ呼び出したりして……」

「い、いや、大丈夫《だいじょうぶ》だ。問題ない」

なんで偉《えら》そうなんだ。俺は何様だ。

しかし、彩陽のほうは気にした風でもない。

「そ、それで……こちらのことなんですけど」

「…………！」

わかってはいても、思わず身構えてしまう。

彩陽がスカートのポケットから取り出したのは、俺が机に忍ばせたラブレターだ。

「すみません、昨日は気づかずに……家でカバンから教科書を取り出したときに、やっと気づきました」

「そ、そうだよな。気づきにくいよな。こっちこそ悪かった」

ラブレターは、無事に彩陽の教科書やノートにまぎれて彼女の自宅へ運ばれたようだ。

なにかのはずみで、机から落ちたりしていたら目もあてられなかった。

多少、運任せが過ぎたことは反省するべきだろう。

「こちらのお手紙、拝読いたしました。身内以外から手書きのお手紙を受け取ったのは初めてかもしれません。さすがは風堂くんです、お見事な文章でした」

「いや、それほどでも……」

俺も手紙なんて書いたのは生まれて初めてだった。

時候の挨拶から、宛名《あてな》の書き方まで細かく調べたので、えらく手間がかかってしまった。

文字も上手くはないが、一字一字できる限り丁寧《ていねい》に書いた。

いい加減な文字では誠意が感じられないだろう。手間は惜《お》しんでない。

「あの、それで……このお手紙の内容なのですけど……」

「あ、ああ。驚《おどろ》かせたよな。本当に悪かった。でも、それが俺の本当の気持ちで……」

「……はい、風堂くんはこういうお手紙で人をからかうような方ではありませんよね」

彩陽は、便せんで口元を隠《かく》すようにしている。可愛《かわい》い。

「このお手紙、その……とても嬉《うれ》しいです。風堂くんがわたしに……好意をお持ちなのは本当に嬉しいです」

「…………」

そんなに真正直に言われると、さすがに照れる。

彩陽はもちろん、俺まで耳が赤くなるのを抑《おさ》えられない。

「ただ……」

「ん？」

彩陽が便せんを持ち直して、そこにじーっと視線を落としている。

「ただ……どうしても、この最後の〝追伸《ついしん》〟の意味がわかりにくいのですが……」

「追伸？」

俺、そんなの書いたか？

手紙の内容は一字一句に至るまで暗記している。

「夜に書いたラブレターは必ず朝に見直せ」という先人の教えに従って、朝になってから何度となく見直して、過剰《かじょう》にポエティックな表現などは削除《さくじょ》した。

あらためて思い返しても――追伸など書いた記憶《きおく》がない。

「ちょ、ちょっと待ってくれ、天詞。追伸って……？」

「わたし、その、てっきりラブレターかと思ったのですが……この追伸――〝あなたの妹の亜月《あづき》さんはもっと好きです〟というのはなんでしょうか……？」

「はぁ!?」

「きゃっ！」

思わず飛び出た大声に、彩陽がびくりとする。

「ちょ、ちょっと見せてくれ！」

彩陽に歩み寄ると、彼女の手から便せんを取り上げた。

さっと目を走らせる。

何度となく見直して、わずかなインクのかすれまで記憶している手紙だった。

しかし――彩陽の言うとおり、最後に〝追伸〟が付け加えられている。

筆跡《ひっせき》は俺のもの――に見えて微妙《びみょう》に違う。

だが、本人でなければ気づかない程度の違いだった。

「ま、待ってくれ、天詞。これはその――」

「あ、そうですか。そうなんですね、やっとわかりました！」

「え？」

「斬新《ざんしん》ですね！　亜月ちゃんに告白するためにあえて姉のわたしにラブレターに偽装《ぎそう》したお手紙を渡《わた》すなんて！」

「は……？」

この美少女は目をキラキラさせて、なにを言ってるんだ？

「さすが、風堂くんです。ですが、わざわざわたしのことまでその……す、好きだなんて持ち上げなくても、普通《ふつう》にお願いされれば風堂くんのお気持ちを妹に伝えるくらいはしますよ？」

「…………」

なんか、とんでもねぇ誤解の上に誤解を重ねてないか、このクラスメイト。

というか、さっきから――

「あ、あのな、天詞。その、手が……」

「手？　手ってなんの……ああっ、ご、ご、ごめんなさいっ！」

彩陽が興奮のあまり、俺の手を両手で包み込むようにして握《にぎ》っていたのだ。

まるで天使の羽に包まれたかのようだった――いやあ、我ながらキモい。

「つ、つい興奮してしまって……」

彩陽は俺の手を離《はな》すと、真っ赤になってしどろもどろになった。

むしろ、もっと興奮してもらいたいくらいだが。

どうも、彩陽には天然の疑いがある。演技ではなく、ガチの天然だ。

しかし、こんなときにその天然が炸裂《さくれつ》するとは……。

普通、そんな誤解しねぇだろ。告白で斬新さを狙《ねら》ってどうする。

俺は告白が失敗に終わる可能性も考え、何通りものシミュレーションも行っていた。

身に覚えのない追仲と、天然で台無しになる可能性など予想外にもほどがある。

人生は、シミュレーションではたどり着けない未来に満ちているらしい。

こんな馬鹿《ばか》なことがあるかぁぁぁ！

一階へ向かって階段を下りながら、俺は混乱していた。

はっきり言って、女子に告るのは人生で初めてだ。

だからこそ、ラブレターなどという時代錯誤《さくご》な手段を選んでしまったわけだが。

例の追伸を書いた覚えはまったくない。

それも、よりによって――告っておいて、「君より君の妹のほうが好きです」なんて書くだろうか？

天詞彩陽の妹というのは――つまり、あいつだ。

「せーんぱいっ♡」

「うおっ⁉」

どんっ、と鈍《にぶ》い音が響《ひび》いて背中になにかがぶつかってきた。

ちょうど階段を下りきったところだったが、よろめいてしまう。

「お、おいっ！　なんだ――って、おまえか！」

「ハーイ、おまえです！　理玖先輩《せんぱい》の亜月ちゃんですよ！」

振《ふ》り向くと、頬《ほお》が触《ふ》れ合うほどの距離《きょり》に後輩《こうはい》の顔があった。

ぱっちりとした大きな瞳《ひとみ》、ニヤニヤと笑っている口元、卵形の整った輪郭《りんかく》。

明るい茶色のセミロングの髪《かみ》はふわふわと柔《やわ》らかそうだ。横でちょこんと結んで、ワンポイントの可愛さを出すのも忘れていない。

「俺のじゃない！　というか、離れろ！」

「えぇ～、こんなに可愛い後輩がなついてるのに、ご無体《むたい》な」

ぎゅううっと抱《だ》きついてきて、その豊かな胸が俺の腕《うで》に当たって潰れている。

「抱きついたままでも話はできるし。先輩、浮《う》かない顔ですね」

「俺はいつもこんな顔だ」

「そっかな～。いつもはもうちょっと面白い顔ですよ」

「うっ」

なにを思ったのか、亜月はすりすりと頬ずりをしてくる。

少女の頬の柔らかさが、これでもかと伝わってきてしまう。

「なにをしてるんだ、なにを！　おまえは猫《ねこ》なのか⁉」

「先輩の可愛いにゃんこ後輩ですよ、にゃんにゃん。今さらこのくらいで照れる関係じゃないっしょｗ」

「どんな関係だよ、俺とおまえは！」

俺は、ぐいっと亜月の肩《かた》を押して無理矢理引き剝《は》がす。

「もー、先輩ってば照れ屋さん♡　もっとあたしとイチャコラしたいくせに」

「おまえは、もうちょっと恥《は》じらいを持て。ついでに言っとくが、おまえの格好、ツッコミどころがありすぎだぞ！」

「え～、フツーのＪＫファッションじゃないですか。なんのご不満が？」

「おまえには衣替《ころもが》えの概念《がいねん》がないのか。もう夏だぞ」

六月になれば充分《じゅうぶん》に気温は高い。

当然ながら、我が貴秀院でも衣替えは済んでいる。

男子は半袖《はんそで》の白ワイシャツにネクタイ、紺《こん》のズボン。

女子は白のブラウスにスクールベスト、薄《うす》いグレーのスカート。

俺は学校指定の服装だが、目の前にいる後輩と来たら——

「このパーカー、先月まで着てたのよりペラッペラですよ。中のブラウスは半袖ですし。つーか先輩、パーカー女子、好きじゃないんですか？」

亜月は、パーカーの襟元《えりもと》をぐいっと引っ張って中を見せてくる。

こらこら、女子が簡単に服の中身を見せないように。

「そんなフェチはねぇよ。パーカーは思いっきり校則違反《いはん》なんだが……そのスカートはもっと問題だ！　短すぎる！」

びしっと亜月を指差す。

スカート丈《たけ》は、太ももの付け根くらいまでしかないのでは。

「えー、長いのはやっぱ野暮ったいっつーか、可愛くないっすよ。先輩だって、短いほうが好きなくせにぃ♡」

亜月は、ぴらりとスカートをめくる。ただでさえギリギリの丈だったのに、太ももがきわどいところまで見えてしまっている。

「おっ、おまえ……！　だから、いちいち中身を見せようとするな！」

慌《あわ》てて周りをきょろきょろしてしまう。幸い、他の生徒は見当たらない。

「あっ、他の野郎《やろう》には見せたくないって？　きゃー、あたしを独り占《ひとじ》めしたいんですね！」

「俺も、おまえのスカートの中身を見せられるような関係じゃねぇんだけどな……」

そろそろ疲《つか》れてきたぞ。

ただでさえ、人生のビッグイベントが終わったばかりなのだから。

「ところで理玖先輩、お姉ちゃんに告っちゃいました～？」

「…………っ!?」

亜月のいきなりの発言に、俺はフリーズする。

一方、後輩はニヤニヤと悪魔《あくま》のような笑みを浮かべている。

「あ、亜月……おまえ、なんでそれを？」

「先輩がウチの姉を狙ってるのは感づいてましたからね」

「ぐっ……！」

「わかりやすかったですからね、先輩は。あたしがお姉ちゃんの話題を振ったら明らかに挙動不審《ふしん》になるし、さりげないフリでグイグイ姉の情報を聞き出してくるし。あれで気づかないほうが難しいですよ」

「…………」

　しまった、俺としたことが……！

　亜月と出会ってすぐに彩陽の妹だと知ったが、この後輩を利用して意中の相手に近づくつもりはなかった。そんなセコいマネはなあ……。

　ただ、彩陽のことを知れるチャンスがあれば、つい聞いてしまうことは何度もあった。学年一の優等生の情報を知りたがるだけのクールな男を装ってたのに、バレバレだったとは……！

「でもでも、まさか告るとは思ってませんでした。ヘタレでチキンな恋愛《れんあい》下級戦士と侮《あなど》っててごめんなさい」

「もっと謝ってほしいくらいだな！」

後輩が、ここまで容赦《ようしゃ》ないことを思っていたとは。少し傷つく。

「い、いや……それはいい。よくはないが、なんで告ってきたことを知ってんだ？」

「そりゃ知ってますよん」

亜月はまたニヤ～ッと笑うと、スマホの画面を向けてきた。

そこには――俺が何食わぬ顔で彩陽の机にラブレターを滑《すべ》り込ませる瞬間《しゅんかん》が、くっきりと写っていた。

「いや～、おサイフ忘れたからお姉ちゃんにお昼代をたかりに教室に行ってみれば、理玖先輩がウチの姉の机を漁《あさ》ってたんですもん」

「あ、漁ってたんじゃねぇよ！　そうじゃなくて――」

なんというバッド・タイミング。

よりによって、ラブレターを出した相手の妹に目撃《もくげき》されていたとは。

「わかってます、わかってます。先輩が教室を出たあとで、妹としては放置しておけなかったので姉の机を調べておきましたから。せつない恋心《こいごころ》を綴《つづ》ったラブレターが出てくるとは思いませんでしたけど」

「お、おまえ……人の手紙を勝手に開けるのは人としてどうなんだ⁉」

「姉の机になにか仕込まれてるのを見たら、普通《ふつう》調べますよね？」

「……調べるだろうな」

「つーか、人の机に勝手にモノ突《つ》っ込《こ》むのも大概《たいがい》ですよ？」

「そうですね」

遂《つい》に敬語。

そこは俺も認めるしかない。

さすがに危険物を仕込むとまでは思わないだろうが、心ないイタズラの可能性もある。

「で、先輩たちの教室を探ってたんですが、お姉ちゃんが動いたんで、今日だなと」

「廊下《ろうか》で妙《みょう》な動きをしてたのは亜月か……って、待てコラ！　じゃあ、おまえしかいねぇじゃねぇか！」

「いやん、あたしだけなんて情熱的な告白ですね。姉に続いて妹にも告るとか、姉妹丼《しまいどん》ってやつですか？」

「ホント、ふざけるなよおまえ！　そうじゃなくて、追伸《ついしん》――」

「ふざけてませんも～んｗ」

亜月はふざけて言うと、スキップのような軽い足取りで廊下を歩き始める。

ひらひらする危なっかしいスカートに思わず目を向けつつ、俺はそのあとを追う。

ここで逃《に》がしてなるものか。

亜月は俺の追及《ついきゅう》をふわふわかわしつつ、上履《うわば》きのまま校舎の裏庭へと出た。

裏庭といっても、移動式のバスケットゴールと、ベンチが一つ置かれているだけだ。

バスケットゴールはずいぶん古い。グラウンドあたりに置かれていたものを移動してきて放置してあるのだろう。

亜月はベンチに遠慮《えんりょ》なく座り込んで、パーカーのポケットからなにやら取り出した。

「おい、亜月……」

「いいから、先輩。これでも食べて落ち着いて」

亜月は、チョコレート菓子《がし》——パッキーの箱から一本取り出して、ぱくりとくわえると俺にも差し出してきた。

「知ってんだろ、俺は甘いもの苦手なんだよ」

「好きな女子の妹も甘くて美味《おい》しいですよ？」

「なんの話だよ！　そうじゃなくて、犯人はおまえしかいないって言ってるんだよ！」

「ハイ？　犯人……とは？」

亜月はわざとらしく目をパチパチさせて、可愛《かわい》らしく首を傾《かし》げた。ウゼぇ。

「俺が手紙を忍《しの》ばせたのを見てたなら、勝手に追伸を加筆した犯人は他にいないだろ」

「ハッハッハ、見事な推理だ。君は探偵《たんてい》にでもなったほうがよろしい」

「二時間ドラマの犯人か？」

しかも、かなり古いタイプの犯人だ。今時、どこでそんなものを観たのやら。

「ちぇっ、バレたか。できれば、波が打ち寄せる断崖《だんがい》で追《お》い詰《つ》められたかったですね」

「そんな演出いらねぇ」

二時間どころか、二十分もかからずに犯人を突き止められたのはラッキーだが。

いやまあ、あの追伸の内容で犯人はほぼ確定してたけどな。

「実は亜月ちゃんって無駄《むだ》に器用なんですよ。昔から人のまねっこも大得意！　先輩《せんぱい》の筆跡《ひっせき》ってクセが強いですからね。逆にマネしやすかったですよ」

「あっさりと白状するな、オイ」

亜月は、パッキーをペンに見立ててなにやら書くマネをしている。

「あのな、俺の手紙を見たのまではいいとしても、なんなんだ、あの追伸は！　おまえの姉さんじゃなきゃ、ケンカを売ってるのかと思われてたぞ！」

「ウチの姉は天使系ですからねえ……人の悪意ってものに鈍感《どんかん》で」

「悪意を仕込んだ本人が、なにをのんきに……」

あなたが好きです、でもあなたの妹のほうがもっと好きです。

そんな告白があるか！　もしそうだったとしても言う必要ねぇよ！

「天詞は天詞で、亜月への斬新《ざんしん》な告白だとか勘違《かんちが》いしてたしな……」

「さすが我が姉、天然にもほどがありますね。彼女の将来が心配です」

「他人事《ひとごと》か！　ごまかすの大変だったんだぞ！」

「ごまかせたら、お姉ちゃんへの告白がマジだってことになりません？　その辺、どうしたんですか？」

「なにもかもごまかした」

「力強いなー。まともに告れないくせに、変なところだけ強引っすね」

やかましい。

彩陽には、とりあえず手紙のことは忘れてくれと言っておいた。

誤解は解けても、決死の告白そのものをなかったことにしてしまった。辛《つら》い。

「つーか、なんなんだ。なんで俺の……こ、告白を邪魔《じゃま》したんだよ！」

「だって、大好きな先輩が誰《だれ》かのものになっちゃうなんて……亜月ちゃん、我慢《がまん》できない」

「なにが〝我慢できない〟だ。面白がってるだけだろ」

この天詞亜月は、ほんの二ヶ月ほど前に入学したばかりの一年生。

俺がこいつと出会ったのもその頃《ころ》だ。

二年生は入学式に出席する必要はないが、俺は手伝いに駆《か》り出されていた。

その入学式会場で、明るい茶色の髪《かみ》に美貌《びぼう》、さらに入学式だというのにブレザーの下にパーカーを着た一年生は目立っていた——

というより、悪目立ちしていた。

名門校である貴秀院では、制服は学校の指定どおりに着ている生徒が大半だ。

着崩《きくず》すにしてもブレザーではなくカーディガンなどを羽織《はお》るくらい。

パーカーなんか着てるのは、ごく一部のアホだけだ。そう、本物のアホだけ。

入学式にパーカーで現れた生徒は、亜月が初めてではないだろうか。

実のところ、俺は最初に亜月を目撃したときは天詞彩陽の妹だとは知らなかった。

今年は度を越《こ》したアホな一年がいるな、と思った程度だ。

しかし、そのアホな一年とちょっとばかり関わりを持ってしまい——入学直後からやたらと絡《から》まれるようになった。

後輩《こうはい》女子に「先輩」と呼ばれてなつかれるのは悪い気はしないが、最近は亜月のウザい性格もあって悪い気がしてきている。

そこに来て、謎《なぞ》の告白妨害《ぼうがい》だ。

いったい、この後輩はなにを考えているのやら。

「くそっ、あのとき廊下で変な奴《やつ》に気づいてたのに！　亜月をとっ捕《つか》まえて、なにを企《たくら》んでるか吐《は》かせておけばよかった！」

「吐かせるだなんて、穏《おだ》やかじゃないっすねー。でも、待ってください」

亜月は、くわえたパッキーをお行儀《ぎょうぎ》悪くぶらぶらさせている。

「あたしだって、意味もなく人の恋路《こいじ》の邪魔をするほど野暮じゃないですよ」

「してるじゃねぇか。野暮じゃねぇか」

「ただ面白がって邪魔したわけじゃないんです。それだけのことをしたからには、もちろんあたしも代償《だいしょう》を支払《しはら》う覚悟《かくご》くらいはあるんですよ？」

「代償……？」

俺が首を傾げると、亜月は手招きしてきた。ベンチに座れということらしい。

特に逆らう理由もなかったので、亜月の隣《となり》に腰《こし》を下ろす。

「ね、先輩」

「うおっ」

とたんに、亜月がずいっと身を乗り出して顔を近づけてきた。

「告るの、邪魔しちゃってごめんね？」

「……ずいぶん素直に謝ってきたな」

「あたしは、いつも素直で可愛いですよ。で、そんな亜月ちゃんとしては先輩の真面目な告白を邪魔しちゃったの、悪いと思ってますから」

亜月は、俺に寄り添《そ》うようにくっついてくる。

姉に劣《おと》らない、ふくよかな胸のふくらみが俺の腕《うで》に当たっている。

「だから、お詫《わ》び。先輩がお姉ちゃんにシたいこと、あたしに全部シていいですよ？」

「………………！」

思わずごくりとつばを飲み込んでしまう。

天詞彩陽に告ってから、やりたかったこと？

そんなもの、いくらでもあるに決まってる。

一緒《いっしょ》に登下校したり、教室でどうでもいい話に興じたり、もちろん休日には二人でデートに出かけて、映画を観たりショッピングをしたり。

男女交際未経験の俺には、ショボい想像しかできないのが残念だが。

俺だって健全な男子高校生だ。彩陽のような可愛い女の子を彼女にできれば、スキンシップ的な意味でやりたいことは山のようにある。

むしろ、そっちのほうがいろいろと想像してしまう。

あるいは、男女交際の経験が豊富な者では逆に思いつかないようなことまで。

亜月は性格には大いに問題があるが、可愛いことは間違《まちが》いない。

幼さを残しつつも整った顔に、豊満な胸のふくらみ。

腰はきゅっと締《し》まっているし、短いスカートから伸《の》びる足はすらりと長い。

俺は、またもやつばを飲み込んでしまった。

彩陽《あね》にしたかったことを、亜月《いもうと》にやってもいい……？

「亜月、そんな冗談《じようだん》を……」

「……冗談だと思うんですか？」

亜月はせつなそうな目で、俺の顔を見上げてくる。

時間が止まったかのように、見つめ合うことしばし——

「あづ——ぶっ!?」

なんとか言おうと開いた俺の口に、亜月がくわえていたパッキーが突っ込まれた。

「にゃはははっw」

亜月は唐突《とうとつ》に笑うと、パッキーをかりっとかじり取り、もぐもぐと食べる。

俺の口に、チョコレートの甘みとかすかな苦みが広がる。

「それ、お詫びです。食べてみると意外と美味しいもんですよ」

Packy
CHOCOLATE

「……安い詫びだな」

やむなく、俺はそのままお菓子《かし》を食べてやった。

「もちろん、あたしはそんなケチじゃありませんよ」

亜月は、パッキーの箱をポンと手渡《てわた》してくる。

「なんと箱ごと。うわー、大盤振る舞《おおばんぶるま》い。亜月ちゃんに感謝してくださいね！」

「あ、おいっ」

亜月はそう言うとくるりと身を翻《ひるがえ》し、スカートの裾《すそ》も翻して走り去ってしまう。

「なんなんだ、あいつは。箱ごとって、食べかけじゃねぇかよ」

甘いものは好きではないが、食べ物を粗末《そまつ》にするのはもっと好かない。

ここで食べてしまうしかなさそうだ。

「………………」

正直なところを言うと。

告白を邪魔されて腹立たしく思うと同時に、ほっとしているところもあった。

成功しても失敗しても、状況《じょうきょう》が変わるのが怖《こわ》くないと言ったら嘘《うそ》になるからだ。

追伸《ついしん》のせいで、彩陽は俺の告白を本気だとは思っていない。

からかったと思われるのは困るが、本気の告白だと思われるよりはマシかもしれない。

「なにしてんだろうな、俺は……ん？」

パッキーの箱の中に折りたたまれた紙が入っていた。

取り出すと、どうやらノートの切れ端《はし》らしかった。

「なんだ、これ」

開いた紙には、六つの文字。

〝ごめんなさい。〟

「……わざわざマルをつけるとか、あいつ意外とマメだな」

つーか、怒《おこ》られるのがわかっててこんなもん仕込んでたのか。

それなら、やらなきゃいいのに――俺は苦笑いしつつ、パッキーを一本齧《かじ》った。

やっぱり甘いのは好きじゃない。

◆◆◆

あたしは、甘いのが好き。

お菓子はこの世で最強の食べ物。お菓子さえあれば、ご飯何杯《なんばい》でも食べられる。

あたしの先輩はクソみたいな人だけど、お菓子が好きじゃないというのが一番どうかしてる。

たとえ飢《う》え死《じ》に寸前の人だろうと、お菓子を分けてあげたくないあたしが！

このあたしがお菓子を箱ごとプレゼントして喜ばないってどーゆーこと？

先輩《せんぱい》の野郎《やろう》には、いつか思い知らせてやらないと。

遂《つい》にお姉ちゃんに告りやがったし。

いつまでも、のほほんと可愛《かわい》いだけの後輩を演じていられない。のほほん、だめ。

でも、一つだけ。

いや、まさかラブレターとは思わないじゃん？

先輩が机になにか仕込んでるな～見てやれ～っていうのはひどかったけど、呼び出しの手紙だろうと思ってたんだよ。

ラブレターなんて、存在そのものが頭になかったたってば。

便《びん》せんを見てすぐにラブレターだって気づいたけど、読み始めたら止まれないじゃん？

実はビリビリと破ってやりたくなったのは、秘密。

その気持ちを抑《おさ》えるには、ちょっとしたいたずらを仕掛《しか》けるしかなかった。

なにもかも、あたしは勝手。

ごめんね、先輩。

2　もうあたしを好きでいいんじゃないですか？

風堂理玖《ふどうりく》の朝は早い。

五時には起きて、布団から机に直行して一時間ほど勉強する。頭を目覚めさせるのが目的で、軽く授業の予習をする程度だ。

我が家は、俺が幼い頃から父親と二人だけ。

ずっと2ＬＤＫのアパート暮らし。その室内はどこも散らかっている。

がさつな男所帯がそう片付いてるはずもない。

はっきり言って、俺も親父も家事に関しては無能だ。

最低限の掃除《そうじ》と洗濯《せんたく》くらいはするが、アパートの部屋はカオスと呼んで差し支えない。

今のところ、カオスを打ち払《はら》う光の勢力は現れてくれない。

お掃除の業者を呼ぶほどの経済的余裕《よゆう》は、風堂家にはないのだ。

朝の勉強を済ませ、適当に掃除と洗濯をしていると、いつの間にか父親は出勤している。

狭《せま》い家なのに顔を合わせることもないが、寂《さび》しいと思うほど子供でもない。

俺は適当に朝食を済ませると、家を出て学校に向かう。

幸い、貴秀院《きしゅういん》高校はウチのアパートから徒歩圏内《けんない》だ。
交通費がかからないのは大変助かる。
早くに登校する必要はまったくないのだが、家にいても別にやることはない。
だったら、朝からエアコンが効いていて快適な教室で勉強したほうがいい。
「あ………」
教室の扉《とびら》を開けると、いきなり彩陽《あやひ》がいた。
隅《すみ》に置かれた棚《たな》の上にある花瓶《かびん》に、花を生けているところだった。
彼女も朝が早い生徒の一人だ。
今日も艶《つや》のある黒髪《くろかみ》が美しく、花を見つめている横顔はいつまでも眺《なが》めていられる。
思い出す、あのときのことを――天詞《あまつか》彩陽に恋《こい》してしまった瞬間《しゅんかん》を。
貴秀院に入学してから半年、学園祭の日に彼女と過ごした時間を。

天詞彩陽と初めてまともに言葉を交わしたのは、一年生の学園祭だった。
といっても、トータルでほんの数分のこと。
だが、その数分が俺の学校生活の大きな転機《ターニング・ポイント》となった。

学園祭の喧噪《けんそう》から離《はな》れた裏庭での、彩陽と過ごした短い時間、短い会話が今の俺の原動力だ。

残酷《ざんこく》なまでに学力至上主義の学校で俺がトップに昇《のぼ》り詰《つ》めるに至った、そのきっかけ。

俺は、平凡《へいぼん》な公立中学の生徒だった。

少しばかり成績がよかったからと、最高の名門私立である貴秀院を受験しようと考えたのがそもそも無謀《むぼう》だった。

その無謀な挑戦《ちょうせん》は成功して、ネックだった高額な学費も特待生枠《わく》に入れたことで問題ではなくなった。

どうも、入試でよほどの高得点を取ってしまったらしい。

合格すら怪《あや》しかったのに、特待生にまでなれるとは夢にも思っていなかった。

もっとも、裕福《ゆうふく》な家庭の子女が多い貴秀院では、学費免除《めんじょ》の特待生枠が埋《う》まることはほとんどないそうだ。

入試である程度の点数を取って、特待生の申請《しんせい》を出せばまず通るとか。

俺はそんなことも知らずに、奇跡《きせき》が起きたと浮《う》かれていたが――

奇跡はそこまでだった。

入学して最初の定期テストでは、驚《おどろ》きの学年最下位。

総合成績：４７５／４７５

成績表に記された、一年生の四百七十五人中ビリという数字を見たときには、本気で心臓が止まるかと思った。

その後の定期テスト、実力テストなどでも同じような成績が続いた。

入試での好成績は奇跡ではなく、手違《てちが》いではないかと本気で疑ったほどだ。

優等生が集まる貴秀院では、成績がものを言う。

成績が公表されるのは上位五十名だけとはいえ、どういうわけか誰《だれ》が下位にいるのかは公然の秘密となっている。

貴秀院は高校のみだが、ほとんどの生徒が名のある名門私立中学の出身だ。

俺のような平凡な公立中学出身の生徒は、それだけで悪目立ちするというのに、その上で成績下位ともなれば貴秀院ではゴミカスのようなものだ。

ゴミカスのまま半年が過ぎ、学園祭の時期がやってきた。

その頃《ころ》には俺はもう成績を向上させようなどと一ミリも考えていなくて、完全にふてくされていた。

宝くじで大金を当てた人間が破産することは珍《めずら》しくないと聞く。

奇跡は幸運の入り口ではなく、不幸への落とし穴なんじゃないだろうか。

入学以来、どん底に落ちたままの俺には、そうとしか思えなかった。

ふてくされた俺は、学園祭でも校内の喧噪から逃《に》げるように、一人で裏庭にいた。

そこに現れたのだ、彼女が——天詞彩陽が。

もちろん、学年一の才女である彩陽のことは以前から知っていた。

実は、知っていたどころではないのだが——

そんな彼女とのほんの数分の会話が、俺をあっさりと変えてしまった。

すねて、ふてくされて、すべてをあきらめていた俺に——笑顔と励《はげ》ましの言葉をくれた。

すっかりひねくれた俺には、なにを言われても学年首席サマからの上から目線の言葉にしか聞こえないはずだった。

なのに——

彼女の笑顔と言葉は、不思議なほど俺の心を強く打った。

下を向いていた俺に、空を見上げることを思い出させてくれた。

「笑われたっていいから、前を向いてやりたいようにやればいいと——そう思います」

こんなことを心からの優しい笑顔で言われてしまったら——

そんなもん、好きになるだろう？

好きになってしまったあとは――

彩陽の整いすぎているほどの容貌《ようぼう》、明晰《めいせき》な頭脳、それに裏表のまったくない天使のような性格に惹《ひ》かれる一方だった。

どん底にいては、彼女から遠すぎる――やるべきことは決まった。

そうだ、笑われたっていい。

実際に笑われた。

俺が学園祭のあと、休み時間も必死に勉強している姿を見て、クラスの連中は公立出身で成績下位をウロウロしていたザコがなにを頑張《がんば》ってるんだとクスクス笑っていた。

だからなんだ？　今はおまえたちが上でも、俺が目指しているのはおまえらじゃない。

俺が目標と決めた彼女は、笑っていなかった。俺のことを特に意識しているようではなくても、彼女が努力している姿を笑う人間でないのはわかってる。

だから誰に笑われようが、前を向いて――死に物狂《ぐる》いで机に向かい続けた。

いつか、彼女を追い抜《ぬ》く日を夢見て。

以上、簡単ながら回想終了《しゅうりょう》。

そして今日も、彩陽が花を生けているだけの姿に見とれてしまうわけだ。

一年生の学園祭からもう八ヶ月にもなるのに、未《いま》だに彼女から目が離せない。

「あ、おはようございます、風堂くん」

「…………っ！　お、おう……」

ぼんやり眺めていると、彩陽が俺に気づいてこちらを向いた。

今日も黒髪はサラサラ、肌《はだ》はつるつる、文句のつけようのない美少女だ。

彩陽は、クラスの誰にでも物腰《ものごし》が柔《やわ》らかい。

朝の挨拶《あいさつ》をするのはもちろん、きちんと名前を呼んでくれるところがいいのだ。

「いつも早いですね、風堂くん」

「あ、ああ、そういう天詞こそ早いな。その花、天詞が持ってきたのか？」

教室の隅に置かれた棚の上にある花瓶に生けられているのは、青紫《あおむらさき》色の花だ。

「ええ、菖蒲《あやめ》です。お家の庭から持ってきました。教室にもお花くらいあったほうがいいと思いまして」

彩陽は、にこにこと嬉《うれ》しそうだ。可愛い。

花より君のほうが綺麗《きれい》です、なんて歯の浮く台詞《せりふ》が飛び出しそうだ。

いや、今は他に言うことがあるか……。

「あー、あのな。天詞……」

「はい？　あっ、あの……その、昨日は申し訳ありませんでした！」

彩陽は、はっとしてぺこりと頭を下げた。綺麗な黒髪がサラッと揺《ゆ》れる。

「え？　い、いや、天詞が謝ることはないだろ」

「いいえ、もしかするとわたし、またなにか勘違《かんちが》いしたんじゃないかと。考えてみれば変なお話ですよね。わたしを経由して、亜月《あづき》ちゃんに——なんて」

「………………」

よかった、天然な彼女だが真実に気づいてくれたようだ。

「あ、こんなところじゃダメですよね。ちょ、ちょっとごめんなさい」

「…………っ！」

彩陽が俺の手首を摑《つか》んで歩き出し、教室を出て、廊下《ろうか》をずんずん進んでいく。

廊下の一番奥は、空き教室になっている。

彩陽は、その空き教室の前で立ち止まると——

「え、えーと、あんなお手紙を書いたのは理由があったのですよね？　あらためて、ちゃんとお聞きしますから。どうぞ、お話を」

……これだ、これだよ。

俺は、彩陽が掴んだままの手首にちらっと視線を向ける。

天詞彩陽は、学校中に知れ渡《わた》った優等生。しかも、アイドル顔負けの美少女。

それでいて、たまに男が勘違いしかねないこういう行動を取る。

無駄《むだ》に距離《きょり》が近い女子は他にもいるが、彩陽のような清楚《せいそ》な女子が気軽に触《ふ》れてくれば、馬鹿《ばか》な男子が勘違いしないほうがおかしい。

しかも、本人は本気で自覚がなさそうなのだ。

これを天然と言わずして、なんと言う。

「あ、すみません……急に言われても難しいでしょうか。わたし、ちょっとせっかちで」

「いや、いいんだ。でも、言わせてくれ。あの追伸《ついしん》は天詞をからかったんじゃなくて――」

「おっはよーございます、理玖先輩《せんぱい》っ！」

ふわわーっ、と浮かれた足取りで現れたのは天詞亜月だった。

お馴染《なじ》みの校則ガン無視のパーカー姿に、超《ちょう》ミニスカート。

今日は、髪《かみ》をシュシュで結んでいる。こいつは頻繁《ひんぱん》に髪型《かみがた》を変えるのだ。

そして背中には、ド派手なプリズムカラーのリュック。

学校指定の地味なナイロンバッグを持つ気など一ミリもない、という覚悟《かくご》を感じさせる。

「あ、お姉ちゃんもおはよう。いつも早いよね」

「おはようございます、今日はお早いですね。朝の空気は気持ちいいでしょう」

「えー、気持ちいいことなら他にいくらでもあるよ？　お姉ちゃんくらい美人なら、気持ちよくさせたい野郎《やろう》どもがいくらでも――」

「おいこら、亜月！　おまえ、人のクラスメイトになにを吹《ふ》き込《こ》んでるんだ!?」

「……先輩のクラスメイトである前に、あたしの姉なんですけど？」

「そういえば、そうだった」

「ふふふ、なんのお話かわかりませんけど、楽しそうですね。風堂くん、ウチの妹と仲良くしてくれてるんですね。ありがとうございます」

彩陽は、深々と頭を下げた。

「……あっ。ということは、やっぱり風堂くんは亜月ちゃんのことが――？」

「いやいや、全然違《ちが》う！　こいつは、なんかその辺にいる一年生だ！」

「ひどいですよ、先輩！　あたしは、その辺にいるウザい一年生ですよ！」

「おまえの自己評価のほうがひどくないか？」

「これでも謙虚《けんきょ》で健気《けなげ》で可愛《かわい》いんですよ、あたしは」

「そのうち二つは、おまえの真逆じゃねぇか」

「二つってどれです？」

「……さあ、どれかな」

しまった、口が滑《すべ》った。亜月がニヤニヤしてるのがうっとうしい。

亜月は、さすがに彩陽の妹だけあって顔の造作《ぞうさく》が整っていることは仕方なく認めざるを得ない気がする今日この頃《ごろ》だ。

「つーか、亜月。おまえ、なんでいるんだよ。早起きするキャラじゃねぇだろ」

「あ、ごまかされました。まあ、いいけど。先輩が怪《あや》しい動きをしてるんじゃないかと、亜月ちゃんレーダーがビンビン反応してたので！」

「怪しい動きをしてんのはおまえだろ……」

亜月に高性能レーダーが搭載《とうさい》されていたら、俺の手に負えない。

「あー、亜月ちゃんは小さい頃からカンがよかったですね。わたしは、そういうのは逆にさっぱりで」

そういう、鈍《にぶ》いところもいいんだよ。

「なので、風堂くんと亜月ちゃんがそこまで親しいのも全然気づきませんでした。いつから、仲良しだったのでしょう？」

「あたしと理玖先輩は、こういう関係だからね」

「あっ、おい！」

亜月は、ぴょんと軽く跳《は》ねて俺に抱《だ》きついてくる。

背伸《せの》びして俺の首筋に腕《うで》を絡《から》め、頬《ほお》がくっつきそうなほど顔を近づけてきた。

「えっ、えええ……？　こ、こういうご関係というのは……！　ま、まさか、告白して昨日の今日で……？」

「ち、違う！　だから、あのラブレ——手紙のことは忘れてくれ！」

俺はくっついてきた亜月の顔を、強引に押しのける。

「俺をからかって遊んでるんだよ、亜月は！」

「いえいえ、遊ばれてるんです。入学式のあと、いきなりナンパされたんでしたよね」

「どんな捏造《ねつぞう》だよ！　入学式のあと、おまえが絡んできたんじゃねぇか！」

そう、俺と亜月との出会いをもう少し詳《くわ》しく描写《びょうしゃ》すると——

式を終えれば新入生は教室に行って、担任のありがたいお話を聞いたり、教科書を受け取ったりする。

ところが、俺が入学式の手伝いを終えて帰ろうとすると、例のパーカー一年生が一人でふらふら歩いて行くのを見かけた。

ふてくされモードが終わろうが、俺は別に親切な人間じゃない。

しかし、校内に不慣れであろう一年生が一人でウロウロしているのを見過ごすほど他人に無関心でもない。

単純に教室に向かう途中《とちゅう》で迷ったのだろう、とパーカー女子に声をかけた。

今にして思えば、それが運の尽《つ》きだったわけだが……。

「ナ、ナンパ……いえ、出会いの形はなんでもよいと思います」

「よくねぇよ。ナンパでもないし」

「あの、風堂くん……やはり愛なのですか⁉」

「………愛？」

「え、ええ……ウチの亜月ちゃんを愛してるということなのですよね？」

「………」

俺は、ふいっと亜月のほうに目を向ける。

「おい、おまえのお姉さんってズレ方がハンパねぇけど、どうやって育ったんだ？」

「おかしいですね、あたしと同じもの食べて育ったはずなんですけど」

二人でひそひそと話し、揃《そろ》って首を傾《かし》げてしまう。

「そ、そんなに二人で顔を寄せ合って……あの、亜月ちゃん？　お付き合いするのはいいのですが、天詞の者としての節度はできれば守ってくださいね？」

「ハーイ、お姉ちゃん。毎朝、ちゃんと基礎体温《きそたいおん》は測っておくね！」

「どんな節度の守り方だよ！」

妹が回りくどい下ネタを言う一方、姉のほうは「基礎体温と節度になんの関係が？」と首を傾げている。

「と、とにかくだな。俺は別に亜月のことは好きでもなんでもない」

「……えっ……そ、そうなんですか……い、良い子なんですけどね……」

「…………」

好きな女子に、まるでこの世の終わりみたいな顔をされてしまった。

俺にはウザい上にろくでもないイタズラを仕掛《しか》けてくる後輩《こうはい》だが、彩陽にとっては可愛い妹らしい。

彩陽は身内に騙《だま》されていないだろうか？

「あたし、良い子なのに……ぐすっ」

「おまえは自分で言うな」

わざとらしい嘘《うそ》泣きも禁止だ。

「あ、でも先輩ってあたしをイジめたあとは、すっごく優しくしてくれるんですよ」

「ＤＶの手口じゃねぇか」

「や、優しいのはいいことです。風堂くんは優しい方なんですね」

「…………」

どうにも誤解は解けないらしい。

亜月がウザくて面倒《めんどう》くさいというより、彩陽の天然のほうが問題かもしれない。

「あの、風堂くん」

「な、なんだ？」

「わたしは、その、お付き合いとかはよくわからないんですけど……亜月ちゃんのこと、好きなら応援《おうえん》しますので！」

「…………」

ぐはぁぁぁぁぁっ……！

漫画《まんが》なら、太陽を浴びた吸血鬼《きゅうけつき》のように灰になっているところだ……。

お、応援します……応援しますって……！

つまり、俺のことなんて好きでもなんでもないってことじゃねぇかあああ！

「あーあ、我が姉ながら残酷《ざんこく》なことで……」

亜月が呆《あき》れているが、どうでもいい。それより――

なんで告ってもいないのに、フラれなきゃいけねぇんだよ……！

「今日のオヤツは、クァールです」

「…………」

クァールは農家のおじさんのイラストで有名なスナック菓子《がし》。

両端《りょうたん》がくるんと丸まった形が可愛い。

放課後、裏庭。

帰ろうとしたところで亜月に捕《つか》まり、またこんなところに来てしまった。

今日も俺たちの他に人影《ひとかげ》はなく、古びたバスケットゴールも退屈《たいくつ》そうだ。

ベンチに座っている亜月はクァールの袋《ふくろ》を開いて、さっそくボリボリと食べ始めた。

「……クァールって生産中止じゃなかったか？」

「西日本ではまだ売られてるんですよ。お金にものを言わせて取り寄せてます」

「まあ、結局ものを言うのは金だよな」

「言っときますけど、お姉ちゃんはお金ではなびきませんよ」

「それくらいは、さすがにわかってる」

貴秀院は上流家庭の令息《れいそく》令嬢《れいじょう》が多い学校だが、天詞家はその中でも一、二を争う財力を持っていると聞く。

俺には、金のことなどどうでもいい。彩陽が金持ちだから好きなわけではない。

「つーか、おまえな！　今朝のアレはなんなんだ！」

「おっぱいの押しつけ方が足りませんでしたか？」

「スキンシップ不足だって言ってるんじゃねぇよ！　なんで天詞の目の前で抱きついてくるんだよ！　イヤガラセか！」

「お姉ちゃんの目の前でなければ、抱きついてもいいと？　先輩《せんぱい》、姉と付き合う前から浮気《うわき》の兆候が見えてますよ」

「おまえ、ホントざけんなよ」

この先輩を先輩とも思わない態度と言ったら。

昨日の、菓子《かし》箱の中の〝ごめんなさい。〟はなんだったのか。

「ラブレターも追伸《ついしん》も、まとめてごまかしたはずなのに、元《もと》の木阿弥《もくあみ》のような……」

「パイセン、そんなに気にしなくても。お姉ちゃんも、先輩が遠回しにあたしに告ってると思ったくらいでは？」

「最悪じゃねぇか……」

好きな女子に、彼女の妹が好きだと思われてるとか。

「つーか、もうあたしを好きでいいんじゃないですか？」

「よくねぇよ」

俺がじろりと睨《にら》むと、亜月はぽりぽりとクァールを食べながら外国人のように肩《かた》をすくめる。

「あたし、これでも男子には人気あるんですよ。めちゃめちゃおっぱいとかスカートとかガン見されてますから」

「身体《からだ》目当てじゃねぇか」

亜月は顔も可愛《かわい》いのだから、もっと見てやれ――そうじゃない、この後輩《こうはい》のモテ自慢《じまん》などはどうでもいい。

「別にあたしはいいですよ。先輩はお姉ちゃんが好き、あたしの身体も好き、でも」

「おまえは俺を人間のクズにしたいのか？」

あのラブレターの追伸は、受け止め方次第ではまさに俺が人間のクズに思われるのが問題だ。

「だいたい、先輩って勉強以外に取り柄《とえ》ないじゃないですか。ウチの姉に告って、勝算あるんですか？」

「ズバッと言いやがるな。俺は、勝算がないと告白もできない男にはなりたくない」

「うわーい、おっとこらしいーw」

「というかな、亜月。昨日のしおらしさはどこへ行ったんだ？」

「ああ、パッキーの箱に仕込んだアレですね。あんまおちょくりすぎるとガチで怒《おこ》られそうだから、適当にクールダウンさせとこうと思って」

「本人の前で言うな、本人の前で」

「まー、でも凄《すご》いとは思いますよ。本気で好きとか言えるのって」

「……天詞に告ってる男は山ほどいるだろ」

「そんな身の程《ほど》知らずは少ないんじゃないですか？　お姉ちゃんは、誰々《だれだれ》に告られましたなんて人に言うほど無神経じゃないですけど」

「無神経じゃない女子は素晴らしいな」

「ですよね。無神経、ヨクナイ」

天使の妹には皮肉が通じないようだ。

あと、さりげに俺を身の程知らずとディスってねぇか？

「でも、理玖先輩はラッキーですよ。なにしろ、告りたい相手の妹が味方についてるんですから。ほら、言うじゃないですか。将を射《い》んと欲《ほっ》すればお馬さんパカパカと」

「最後まで覚えてないなら、適当言うなよ……」

この後輩は、貴秀院を無事に卒業できるのだろうか。

「だいたい、俺は亜月にサポートしてもらおうと思ってねぇよ」

「あたしから、お姉ちゃんの情報を引き出そうとしてたくせに～ｗ」

「くっ……た、たいしたことは聞いてないだろ。俺は、自分の力で正々堂々と告るんだよ」

「ラブレターって正々堂々っすかね？」

「……もうラブレターのことは忘れよう」

「ただ、あたしに協力してもらえるのだって先輩のお力ですよ？　お姉ちゃんを好きな人は山ほどいるでしょうけど、その人たちを手伝おうとは思いませんもん。先輩だけ……特別だよ♡」

つん、と亜月が頬《ほお》をつついてくる。大変にうっとうしい。

「つーか、おまえ協力してないだろ！　むしろ積極的に邪魔《じゃま》してるだろ！」

「先輩があたしに抱《だ》きつかれて、お姉ちゃんは胸がズキッと痛んで……『やだ、わたしったらもしかして風堂くんのこと……？』ってなるわけですよ」

「なるか、そんなもん！　おまえは漫画の読みすぎだ！」

「ちっちっ、あたしが読んでるのはラノベですよ。こう見えて読書家なんです」

「ラノベも読書に入んのか？　あんなの、児童書に毛が生えたようなもんじゃねぇ？」

「敵を増やす発言ですね。今は新聞でもラノベが紹介《しょうかい》される時代ですよ。まあ、そのうちオススメのラノベを百冊くらい貸しましょう」

「多いわ。イヤガラセじゃねぇか。おまえは、普通《ふつう》にできることはないのか？」

「告白が上手くいかなくて凹《へこ》んでる先輩を慰《なぐさ》めることくらいですかね。クァール、どうです？　これは甘くないですよ？」

「亜月、そんなもんばかり食ってたら太るぞ」

「あー、浅はかっすね。女子に太るぞって言えばダメージを与《あた》えられると思ってますね」

「亜月にだけは浅はかとか言われたくねぇなあ」

「でもほら、あたしって全然太ってないでしょ。見てくださいよ」

亜月は、普通にパーカーの裾《すそ》をめくって、白いお腹《なか》をあらわにする。

腹から腰《こし》にかけてのラインは見事にくびれていて、確かに贅肉《ぜいにく》は見当たらない。

「……見せなくていい」

「きゃーっ、先輩、照れてるーっ！　ちょっと、ちょっと、女の子のお腹を見たくらいで照れるとかピュアですかｗ」

「俺が見たい腹は、天詞彩陽の腹だけだ！」

「……すげーマニアックな台詞《せりふ》。好きな女子のお腹が見たいとか……」

「ま、待て。特に腹フェチってわけじゃなくて……」

『俺が見たい腹は、天詞彩陽の腹だけだ！』

「って、おい！　なにを録画してるんだ⁉」

いつの間にか亜月がスマホを持っていて、先ほどの名シーンの動画が再生されていた。

「あたしは、先輩をソンケーしてますからね。いつ何時《なんどき》、名言をいただいてもいいように、常に動画撮影《さつえい》のチャンスは窺《うかが》ってます」

「弱みを握《にぎ》る気満々じゃねぇか……」

隙《すき》を見て亜月のスマホを跡形《あとかた》もなく破壊《はかい》しよう。

亜月は、一人で残りのクァールを食べ終わると、袋をそばのゴミ箱に放り込んだ。

「俺はなにをしてるんだろうな。こんなとこ、天詞に見られたら余計に誤解される……」

「お姉ちゃん、先輩のこと好きでもなんでもないんですから、誤解もなにも気にしなくていいでしょ？」

「言い方！」

いちいち、亜月の言うことが正しいのがとても困る。

「ま、お姉ちゃんは誰《だれ》にでも優しいし、誰だろうと良いところを見つけて好意を持ちますけど、だからこそ恋愛《れんあい》できないんでしょうね」

「なんだ、それは……」

「ウチの姉は手強《てごわ》いって話ですよ。あの人の特別な存在になるのは生半可《なまはんか》なことじゃないです」

「……そうだな」

これこそまさに亜月の言うことが正しい。

彩陽が俺に優しいのは、恋愛感情があるからではない……。

俺はベンチから立ち上がり、校舎に向かう。

「あれ、どうするんですか、先輩?」

「帰るんだよ。ここにいたってしゃーねぇし、今日は教室で居残り勉強する気分でもないしな」

追いかけてきた亜月のほうを振《ふ》り向きもせずに答える。

「待って、待って、待ってくださいよー」

「ついてこなくてもいいだろ」

「どこまでもついていきますよ。あたしは、先輩の告白を邪魔しちゃった罪をまだ償《つぐな》ってませんからね」

「そんなの、もういい。済んだことより、これからどうするかが問題だ」

「けっこう男らしいんだよなあ、この人。割り切りが凄いというか」

「けど、おまえは反省して自分を見つめ直せよ。俺は亜月を許すが、亜月が自分を許せるかどうかは別問題だ」

「あたしは、悪いことばかりしてるので自分を許せるタイミングがないですね」

「さらっと凄いこと言いやがるな……」

「それより、先輩。一つ大事なこと忘れてません？」

「ん？　なにかあったか？」

「まず、これでどうでしょう♡」

「これって……おっ、おいっ⁉」

俺が立ち止まると、亜月はその手を取って自分のほうへと引き寄せてきた。

亜月は、またパーカーの裾をめくっていて、白いお腹とおへそがあらわになっていた。

彼女は引き寄せた俺の手を、そのお腹にぽんと置かせる。

「あたし、言ったじゃないですか。お姉ちゃんにシたいことをシちゃっていいって。お腹、好きなんでしょう。どうです？」

「…………」

亜月のお腹は、無駄《むだ》な肉が少しもなくて、それでいて柔《やわ》らかく、つるつるすべすべとしている。手に伝わってくるのは、驚《おどろ》くほどしなやかな感触《かんしょく》だ。

「お腹はマニアックですよね。なんなら、もうちょい上、いっときます？」

亜月は楽しそうに言うと、俺の手を摑《つか》んだまま上のほうへと滑《すべ》らせていき、めくり上げていたパーカーの裾をさらに持ち上げていく。

お腹どころか、ちらりとレースの黒いブラジャーが――

「って、なにしてるんだよ⁉」

ぱっと亜月の手を振り払う。亜月もパーカーの裾を離《はな》し、あらわになっていたアレコレが隠《かく》れる。

「あとたとえば、お姉ちゃんのおっぱい揉《も》みたいで」

「揉みたいに決まってんだろ！」

「食い気味に言われた！　だから、あたしが代わりにって話ですよ！」

「……亜月がそこまでする必要はねぇだろ？」

ふと思いついた疑問を口にする。

いや、とっくに思いついていてもおかしくないのに、なぜ気づかなかったのか。

「追伸《ついしん》のことがあるにしても、なにをしてもいいっていうのはどうなんだ？　おまえがそこまで身体を張る理由、あんのか？」

「なにをしてもいいとまでは言ってないですけど……そうですね」

うーん、と亜月は腕組《うでぐ》みして考える。

「こんな悪いことばっかしてるあたしでも可愛《かわい》がってくれる人がいれば、一緒《いっしょ》に遊びたいじゃないですか」

「それ、俺の質問の答えになってるか？」

「なってませーん♡」

亜月は、にやりと笑い、ひらひらとスカートを翻《ひるがえ》しながら、俺の周りをぐるぐると回り出す。

「大丈夫《だいじょうぶ》ですよ、先輩《せんぱい》が好きなのはお姉ちゃんだってことだけはわかってますから」

「……？　それも、俺の質問と関係ないよな？」

「はいっ♡」

「…………」

まったく、わけのわからない後輩《こうはい》だった。

俺にとっては好きな女子の妹で、割と面倒《めんどう》くさい後輩。

間違《まちが》いなく、それ以上でもそれ以下でもない関係なのだが――

気がつけばそばにいるのは、この天詞亜月であることも事実だった。

「さて、そろそろ本題に入りましょうか」

「んん⁉　こんだけ長々と話しておいて、まだ本題に入ってなかったのか⁉」

そういえば、なぜ裏庭に連れてこられたのか、まだ訊《き》いてなかった。

それに気づいてなかったあたり、俺は相当凹んでる。

「亜月ちゃんはですね、いいことを思いついたんですよ」

「………………」

「あっ、その顔！　絶対、ろくでもねぇこと企《たくら》んでるだろ的な顔ですね！」

「よくわかってるじゃねぇか」

「ふふん、そんなこと言ってられるのも今のうちですよ。すぐに先輩は、〝亜月ちゃん様、どうかわたくしめに救いの手を！〟と哀《あわ》れにすがることになるんですから」

「絶対、そんな未来ありえねぇ……」

嫌《いや》な顔をする俺に、ニヤニヤと笑いかけてくる亜月。

気がつけばこいつがそばにいることに、もっと危機感を持つべきかもしれない。

3　亜月《あづき》ちゃんルートは本気です♡

「つまり、先輩にはビジョンが足りない！」

「……なんなんだ、いきなりディスかよ」

翌日、朝。

亜月が偉《えら》そうに裏庭に呼び出しをかけてきて、仕方なく応じている俺。

なんだかんだで、俺ってこいつに甘くないか……？

俺はベンチに座り、亜月はその前に立って古代ギリシャのアジテーターのように熱弁を振るってる。

「先輩のビジョンって言ったら、姉に告りたい、ＯＫをもらってお付き合いしたい、できるだけ早くセッ――」

「はい！　もったいぶらずにさっさと本題に入ってくれ！」

朝っぱらから性の話なんか聞きたくねぇ。

「では、これです。見てください」

亜月は例のプリズムカラーのド派手リュックから、ｉＰａｄを取り出して、画面を俺に見せてくる。

「これって……なんだこりゃ？」

ｉＰａｄの液晶《えきしょう》画面には、太い棒線が縦に一本引かれて、その線の途中《とちゅう》にいくつも箱が並んでいる――電車の路線図みたいだ。

「先輩よ、理玖《りく》先輩よ。あなたは確かに勉強を頑張《がんば》りました」

「おまえが神か？」

「がむしゃらに頑張って、お姉ちゃんに試験で勝つという快挙を成し遂《と》げました。ですが、そのあとがよくない」

「なに？」

「先輩、〝試験で勝ったら告る〟というところで思考停止してましたね？」

「……告るのに思考もなにもいらねぇだろ？」

ちょっと図星――確かに泥縄《どろなわ》ではあった。

どうやって告るか決めないまま試験で勝って、そのまま勢いに任せてラブレターなどを書いてしまったが――

「だいたい、それと路線図になんの関係があるんだよ？」

「路線図じゃないです、〝フローチャート〟というやつです。ゲームの攻略《こうりゃく》サイトとかでよく見るでしょ？」

「フローチャートくらいは知ってるが、俺ゲームはほとんどしないし……」

中学までは友達に付き合って遊ぶこともあったが、わざわざ攻略サイトを見るほど熱心でもなかった。

ゲーム機も持ってないし、ソシャゲのたぐいもサッパリだ。

「あたしはラノベ好きで有名ですが、実は一番の趣味《しゅみ》はゲームなんですよね。特に好きなのがＲＰＧで。レベルカンストまで上げて最強装備を揃《そろ》えて、ラスボスを舐《な》めプでいたぶるのが楽しいです」

「おまえ、暇《ひま》すぎねぇ？」

今時のゲームはボリュームも凄《すご》いし、いったい何百時間費やしてんだ。

「というか、ゲームがどうしたっていうんだ？」

「では、結論から言いましょう。先輩に足りないのは――〝レベル上げ〟です！」

「いやいや、おまえはなにを言ってるんだ」

昨日はやたらと前置きが長いかと思ったら、今度は意味不明な結論かよ。

「レベル上げとは、ゲームでダンジョンやボスに挑《いど》む前にフィールドなんかをウロついて罪もない敵をぶちのめし、経験値を稼《かせ》いでレベルアップさせることです」

「さすがにそれも知ってる。高校生で知らない奴《やつ》はいねぇだろ」

「だったら話は早いです。先輩は、お姉ちゃんに勝つまでがむしゃらに頑張った——そう言うと聞こえはいいですが、計画的に効率的に進めておけば、もっと早く勝てたかもしれません」

「そうか？　相手はあの天詞彩陽《あまつかあやひ》だぞ。三年間、一度も勝てなくても不思議はないくらいだろ。二年の最初のテストで勝てただけでも奇跡《きせき》じゃないか」

「いいですか、強敵に挑むためのレベル上げで、スライムやゴブリンばかりちまちま倒《たお》してたら、必要なレベルまで上げるのに時間がかかりすぎるんです。そんなやり方じゃ、姉には一生かかっても追いつけませんよ」

ズバリ、と言い切る後輩。

「これも言っておきますが、〝応援《おうえん》します〟っていうのは、〝てめーのことは異性としては眼中にもねぇよ〟って意味ですからね」

「わかってる！　つーか、天詞はそんな言葉遣《づか》いはしねぇだろ！」

俺が人生で最大の衝撃《しょうげき》を受けた台詞《せりふ》を蒸し返すなよ！　ノーデリカシーか！

「もいっこ言うと、先輩が姉にテストで勝ったことと姉に告ってOKをもらえることにはなんの因果関係もないのですよ。そんなもん、先輩が踏《ふ》ん切《ぎ》りをつけるために必要だっただけです。ただの先輩の都合ですよね」

「おまえ、今日はひときわズバズバ言いやがるな……」

しかも、いちいちそのとおりなので俺の心が傷つく。

「だからって、俺にレベル上げしろって？　具体的になにをするんだよ？」

「先輩は、確かに学力では姉を越《こ》えました。よくやったと褒《ほ》めてあげますよ」

「だから、おまえは何者なんだよ」

「ですがですが、いくら〝かしこさ〟のパラメーターを上げても、それだけではラスボスには勝てないんですよ！」

「小学生じゃねぇんだ、運動ができりゃモテるってわけでもないだろ。それに、貴秀院《きしゅういん》は進学校で、成績がものを言うだろうが」

「ああ言えばこう言いますね！　先輩の場合はただの頭でっかちですよ！」

「ああ言えばこう言うのは亜月だろ……あのな、俺は特に取《と》り柄《え》がなかったんだ。だから、貴秀院に合格って奇跡を起こせた学力を武器にする以外にない。俺の全部を懸《か》けて成績で彩陽を越えて、彩陽を越えた俺自身も越えていく」

「やべ、ちょっとかっこいい……」

いや、亜月に感心されてもしょうがないんだが。

「だーっ、そうじゃないんです！　まったく恐《おそ》ろしい人ですね！　言葉巧《たく》みに純朴《じゅんぼく》な後輩を丸め込もうだなんて！」

「どこが純朴なんだ……」

たぶんおまえ、全女子ぶっちぎりでスカート短いぞ。

「でも実際、先輩は姉に成績で勝ちましたけど、姉が先輩に好意を持った様子は一ミリもないでしょ。ようやく、クラスメイトＡくんから成績首席のＡくんになっただけで」

「Ａくん扱《あつか》いは同じかよ。天詞はちゃんと名前覚えてるぞ」

ツッコミつつも、亜月の言うことはこれまた間違ってない。

俺が校内一位になろうが全国一位になろうが、彩陽が俺を好きになるかは別問題だ。

「先輩、ラノベではアイドル並みの美少女が冴《さ》えない主人公を好きになるってパターンが今でも健在ですが、現実はそうはいきません。レベルの高い女子は、レベルの高い男子とお付き合いするもんです」

亜月は、さらりと俺を絶望に叩《たた》き落としつつ、ｉＰａｄに彩陽の写真を表示する。

制服姿で、どこか遠くを見ていて、いかにも隠《かく》し撮《ど》りっぽい。おい、それよこせ。

「で、ウチの姉は〝ちから〟〝すばやさ〟〝かしこさ〟〝きようさ〟〝みりょく〟どれもパラメーターカンストなんですよ！」

「素早さなんかはどうでもよくねぇ？」

忍者《にんじゃ》じゃねぇんだから。

「お姉ちゃんは身体《からだ》の鍛練《たんれん》も怠《おこた》りませんから、平均的な男子よりも運動能力高いんですよ。頭脳に関しては先輩《せんぱい》が一番よく知ってるでしょう。しかも幼い頃《ころ》から楽器や絵を習っていて、芸術的な素養もバッチリ。ピアノや絵画のコンクールでトップを取りまくって、コンクール荒《あ》らしになってるくらいですから」

ぱっ、ぱっ、とｉＰａｄに表示させた写真を切り替《か》えていく亜月。

真剣《しんけん》な顔でイーゼルに立てたキャンバスに向かっている彩陽、肩《かた》を出したドレス姿でグランドピアノを弾《ひ》いてる彩陽が表示される。

だから、写真をよこせと。

「魅力《みりょく》……ま、これこそ言うまでもないですね。顔はもちろん、女子高生とは思えないあのボディはエロすぎでしょう。その証拠《しょうこ》に……っと、あの写真はまずいか」

「どんな写真を秘蔵してるんだ⁉」

めちゃくちゃ気になるじゃねぇか！

「とにかくですね、姉は各種パラメーターカンスト、一方で先輩は成績でギリギリ姉に勝ったにすぎません。だから、レベルを上げなきゃ姉とは釣《つ》り合いませんよ」

「……凄い結論だな。容赦《ようしゃ》ねぇ」

「そ・こ・で♡　あたしが先輩のレベル上げをナビしてあげます♡」

「って、また話長《なげ》ぇよ！　レベル上げって無理があるだろ！　今さらスポーツ万能にも芸術家にもなれねぇし、イケメンとか絶対無理だろ！」

「そうです、先輩にはたいした才能はありません」

「おい」

「だから、対彩陽《たいあやひ》に特化してステータスを上げていくんです。他の誰《だれ》でもない、ただウチの姉の愛を勝ち取るためだけにレベル上げをするんですよ！」

「愛って、おまえな……」

ようやく、本当の結論が出てくれたらしい。

それでも、まだ全貌《ぜんぼう》が見えてこないが。

「先輩、貴秀院の一年生女子で一番エロ可愛《かわい》いのは誰ですか？」

「今度はなんだよ。そりゃあ……俺になにを言わせようとしてんだよ」

「そうです、亜月ちゃんですよね」

うんうんと頷《うなず》く亜月。まあ、否定はしねぇけど。

「校内の噂《うわさ》に疎《うと》い先輩でも、それは知ってるわけです。つまり、天詞亜月はそういう存在だと周囲に認識されてるんですよ。こういうのを〝ブランディング〟といいます」

「経済の本で読んだことはあるな……」

グ●チやヴィ●ンと言えば高級品、みたいなイメージをつくる戦略か。

「先輩には今のところ、〝一度だけ定期テストでトップを取った〟以外に特徴《とくちょう》はないです。ぶっちぎり校内でトップ人気の天詞彩陽のお相手としては、不足もいいところですね」

「おまえ、ただ俺をディスりたいだけじゃねぇの？」

「だから、レベルを上げて〝天詞彩陽に釣り合う存在〟として姉にアピールできるようにブランディングしていくんです」

「レベル上げだのブランディングだの……どこで聞きかじったんだよ」

「あーあー、ゴチャゴチャうるさいですよ！」

おい、いきなりキレんなよ。

「先輩のこの前の告白は悪手です。あたしは面白半分でラブレター作戦をぶっ潰《つぶ》しましたが、無残に散らずに済んでむしろ助けてあげたと言ってもいいですね」

「今の悪口でその手柄《てがら》は吹《ふ》っ飛ぶぞ」

「とにかく！　あたしが用意した〝ミッション〟をこなしていけば、最強勇者に成長して、大魔王《まおう》アヤヒに挑めるようになりますよ！」

亜月は、またフローチャートを表示させて、iPadの画面をスクロールさせていく。

フローチャートにはいろいろ書かれているようだが、怖《こわ》くてあまり読みたくない。

彩陽に告るためのレベル上げ？　一緒《いっしょ》に下校するとか、手を繋《つな》ぐとか？

「ん？　チャートが途中《とちゅう》で枝分かれしてるぞ？」

「ああ、最初からずーっと続いてるラインが彩陽ルート。もう一本のラインは亜月ちゃんルートです」

「そんなルートねぇよ！」

なにをしれっと！

「ゲームにはバッドエンドもつきものですよ。単純なレベル上げも、一つ間違《まちが》えば死にますからね。死んじゃったら、所持金が半分になったりアイテムをドロップしたりと、デスペナルティがつくでしょ」

「そりゃゲームの話だろ、ゲームの」

このレベル上げ、失敗したら亜月ルートとやらに入るのかよ。

そっちに入ったら、どんなミッションが待ってるんだよ。

「ええい、つべこべ言わない！　どっちみち先輩は最初の告白に失敗した以上、次の手を打たなきゃいけないでしょ！　なにか思いついてるんですか⁉」

「……これから考える」

「でしょ！　先輩の告白を大コケさせたのも事実ですから、お詫《わ》びのためにあたしも協力してるんです。この身を捧《ささ》げる勢いで！」

「身を捧げるって言い方はどうなんだ……だが、亜月にそこまでしてもらわなくても」

「先輩よりはるかに天詞彩陽をよーく知ってるあたしが立てた計画ですよ。だから、このフローチャートを活用しましょう。名付けて〝ロード・トゥ・彩陽ボディ！〟」

「身体《からだ》が最終目的みたいに言うな！」

「もー、先輩ってばワガママなんだから。じゃあシンプルに〝天国作戦〟で。ウチの姉、天使（笑）とか呼ばれてますもんね」

「なんでもいいが……まさか、ガチで俺にそのフローチャートどおりに行動しろっつってんじゃねぇよな？」

「この話の流れだと他にないでしょ。大丈夫《だいじょうぶ》、最初のミッションは確定しています。準備も始めてますよ！」

「俺の同意、取れてないだろ⁉」

こいつ、自分で計画を立てたら人の都合スルーで夢中になるタイプだ！

「あ、先輩。忠実な後輩《こうはい》の計画に乗っかるのはいいですが、なにしろあたしは天詞亜月。

決して油断してはいけませんよ？」

「忠実な後輩に油断するなっていうのが矛盾してるが……なにをする気だ？」

「亜月ちゃんルートは本気です♡」

「なっ……」

フローチャートの二本のライン、メインのラインは黒文字。

そして、大きく横へ逸《そ》れていくもう一本のラインは赤文字になっている。

「あたしは、先輩がお姉ちゃんに告るまでのレベル上げの道をつくっていきます。でも、あたしは一筋縄《ひとすじなわ》ではいかない、可愛いだけの後輩じゃないですからね。道は天国へ続いていますが、一つ間違えれば地獄《じごく》も待ってることをお忘れなく……」

「亜月ルートは地獄なのか⁉」

「あたしの最終目標は、先輩を留年させて同じ学年で面白おかしく学校生活を送ることです！」

「それ、ガチの地獄だろ！」

「きゃははっw　あたしにもお楽しみがあってもいいでしょ！」

「俺の告白を邪魔《じゃま》した詫びっていうのは、どこ行ったんだ！」

「さあ、先輩。先輩がたどり着くのは天国か地獄か……待っているのは、天使か悪魔《あくま》か。

楽しみですね！」

「全然楽しみじゃねぇっ！」

とはいえ――ラブレター作戦が木《こ》っ端《ぱ》微塵《みじん》に砕《くだ》け散った今、次の手は思いついていない。

片思いの相手の身内が味方につくというのは、有効かもしれない。

味方そのものに大きな問題があることに目をつぶれば。

彩陽が手強《てごわ》いことくらい、充分《じゅうぶん》に知っている。

俺の思いを叶《かな》えるには、悪魔にだって魂《たましい》を売る覚悟《かくご》が必要かもしれない……。

◆◆◆

ふう、上手くいった……のかな？

〝天国作戦〟は、一晩で亜月ちゃんがやってくれましたって割にはよくデキてる。

別によくデキてなくてもよかったんだけど、こういう悪巧《わるだく》みだけは得意なんだよね。

先輩がお姉ちゃんに接近して経験値を稼《かせ》げるミッションを組み込んでるのは、間違いない。

ミッションを全部成功させれば、マジで先輩はお姉ちゃんと付き合えるかもしれない。

でもね、すべてのミッションに――罠が仕掛けてある。

実は、どこからでも亜月ちゃんルートに分岐《ぶんき》可能。

〝天国作戦〟にはむしろ不測の事態を意図的にたっぷり仕込んである。

ごめんね、先輩。確かに、チャートを進めれば天使が待ってるけど。

そう簡単にはたどり着けない。でも、悪魔にはとても簡単にたどり着けちゃう。

あたしは、手強いお姉ちゃんと違《ちが》ってチョロいからね。

ホントにごめんね、先輩――悪魔は、自分のためにしか動かないんだよ。

◆◆◆

――数日後。

今日は、あいにくの雨模様だ。

昨夜から降り出した雨が、朝になっても止《や》むことなくむしろ雨脚《あまあし》は強まっている。

教室の外からも、ざーざーと重い雨音が聞こえてくる。

初夏は俺が好きな季節だが、今年は梅雨《つゆ》入り前から雨が多いという予報で、少し憂鬱《ゆううつ》だ。

「雨が降っているわ、フドー」

「……ああ、セイラか」

休み時間、窓の外を眺《なが》めていると、一人のクラスメイトが寄ってきた。

世良《せら》セイラ——淡く赤みがかった長い髪《かみ》をサイドで結び、袖《そで》が余ったカーディガンを着て、スカートはミニ。白のニーソックス着用。

ずいぶんと小柄《こがら》で、身長は一五〇センチ以下。

華奢《きゃしゃ》な身体つきで、胸もすとーんと地平線のように平坦《へいたん》そのものだ。

天詞姉妹の胸部を見慣れていると、同じ女子高生という生き物とは思えないくらいだ。

顔は可愛いのだが、もちろんとてつもない童顔だ。

間違いなく、小学生料金でバスに乗れる（違法《いほう》）。

「雨だとどうも、動きが鈍《にぶ》るのよ。関節に油を差したくなるわ」

「いつからロボになったんだ、おまえは」

セイラは普段《ふだん》から無表情な上に、妙《みょう》に動きが硬《かた》いのでロボっぽい。

ロリ・ロボ・無表情に加え、しゃべりが独特と、属性が渋滞《じゅうたい》してる感がある。

「ところで珍《めずら》しいわね。フドーが勉強してないなんて。さっきから手が止まってるわよ」

「ああ、ちょっとな……」

むろん、俺は普段から休み時間も休んでいない。

貴秀院の休み時間はたったの一〇分。

だが、試験の残り一〇分で難問を解く、といったシチュエーションを想定して訓練するにはちょうどいい。

「ちょっと、どうしたの？　早く聞かせなさい。ハリー、ハリー」

「グ、グイグイ来るなあ」

セイラは同い年のはずなのに、どうも上から迫《せま》ってくることが多い。

「ちょっとな。いつ奇襲《きしゆう》があるかと思うとソワソワして勉強も手につかないというか」

亜月の〝天国作戦〟とやらの発動から、何事もなく数日が経《た》ってしまった。

面倒《めんどう》になって放置してる可能性もあるが、安心するのはまだ早い。

ヤツは俺が忘れた頃《ころ》に来る。きっと来る。

「こら、情報が増えても余計に状況《じようきよう》が不明になってるわ。もっと説明を」

「これ以上はプライバシーに関わるからダメだ。セイラが気にすることでもない」

「いいえ、私が気にすることよ。私は、君のもとに送り込まれたスパイだから」

「…………」

残念ながら、このロリはとても真顔だ。

そう、セイラは俺のスパイ——と、一年の頃から主張している。

セイラとは一年、二年と同じクラスで、去年の秋頃《ごろ》から話をするようになった。

友達といっていい関係——なんだが。

「……俺をスパイしても得るものは一つもないぞ？」

「この貴秀院で学年首席を獲《と》った生徒の情報なら、なんらかの価値はあるでしょう？」

「ひたすら時間をかけて勉強しただけだ。特別なことはなにもしてない」

亜月にも非効率的だとディスられたほどだしな。

「なんなら、二十四時間カメラで監視《かんし》してもらってもいいくらいだ」

「なんだ、それをやってもいいの。フドーの部屋、二十四時間生配信《なまはいしん》しよう」

「待て待て、冗談《じょうだん》に決まってるだろ！」

セイラがさっそく小型ＰＣとＷＥＢカメラを取り出したのが恐《おそ》ろしい。

こいつはデジタルガジェットに詳《くわ》しく、生配信なんか朝飯前だろう。

ガジェットに詳しいせいで、〝スパイ〟って戯《ざ》れ言《ごと》が真実味を帯びるのが怖《こわ》い。

「あのな、別にたいしたことでもない。要するに——あいつだよ」

「ああ、天詞《あまつかい》妹《もうと》ね」

曖昧《あいまい》な人称《にんしょう》代名詞から、察してくれた。

「相変わらず、あの後輩《こうはい》とイチャイチャしてるのか。なんていやらしい」

「どこをどう見たら、俺と亜月がイチャついてると思うんだよ……」

「フドーは、唯一《ゆいいつ》の友達も唯一の後輩もどっちも女ね。チャラいわ」

「チャラい⁉　それくらい、俺からかけ離《はな》れた言葉も珍しいぞ！」

　セイラが唯一の友人なのは確かだが、こいつは俺への評価をおおいに間違ってる。

「あの軽そうな後輩とイチャイチャしてると、フドーも同類に見えるわ」

「残念ながら、亜月が軽そうなのは否定できないな……」

「フドー、前から言ってるわよね。天詞妹にはあまり近づくなと」

　ゴゴゴゴゴ、とセイラの周りで黒いオーラが渦巻《うずま》いている。

「な、なんなんだ……俺のほうから亜月に近づいてるわけじゃないが、後輩をそう邪険《じゃけん》にもできないだろ」

「………ちっ」

「舌打ち⁉」

「まあ、いい。今日はこのくらいで勘弁《かんべん》してあげるわ。でもフドー、なにかあったら、すぐにこの私に報告するように」

「おまえは、俺のなんなんだ……？」

　俺のツッコミはスルーして、セイラはすたすたと自分の席へ戻《もど》っていった。

　なんなんだ、いきなり話しかけてきたと思ったら逃《に》げるように去りやがったな。

「あの、風堂《ふどう》くん……？」

続いて俺の席にやってきたのは、天詞彩陽。

んん⁉　天詞彩陽が来たぁ⁉

「ち、違う！　セイラはただの友達だ！」

「お、お友達ですか。教室でよく話してますよね、お二人」

「………」

いきなりの彩陽登場にテンパって、意味不明な受け答えをしてしまった。

「別に小さい子が好きってわけじゃないぞ。誤解しないでくれ」

「え、ええ、世良さんは小柄で可愛《かわい》らしいですよね。大丈夫《だいじょうぶ》です、お好きでもおかしくありません。わたしも小さい子、大好きですよ」

「………」

世の中は不公平で、男が「小さい子が好き」なんて言うと逮捕《たいほ》されかねない。

「え、えーと、それで……すみませんっ。実は、風堂くんにお話が」

「………⁉」

突然《とつぜん》、彩陽が屈《かが》み込んで、顔を寄せてきた。

ふわっと、彩陽の黒髪《くろかみ》から甘酸っぱい香《かお》りが漂《ただよ》ってくる。

「も、申し訳ないんですが……今日、わたしの家に来ていただきたいんです」

「あ、ああ。別にかまわな——彩陽、じゃない、天詞の家にっ⁉」

「しーっ、です」

彩陽は顔を赤くして、周りをきょろきょろしてから人差し指を唇《くちびる》に当てる。

「だ、大事なお話なんです。ぶしつけですけど、わたしの家の住所です」

彩陽は、さっと小さな紙を差し出して、小走りに自分の席へ戻ってしまう。

俺が、彩陽の家に——？

紙を広げてみる。ＰＣでプリントしたらしい地図に、住所が手書きで記してある。

地図を見る限り、学校から近くはないが、バスならそうかからずに行ける距離《きょり》だ。

天詞彩陽の家に招待されるとは——

つまり、それだけ重大な話があるということだろうか。

まさか、ラブレターの件の続き——なんてことがあったりするのか？

うやむやにしてしまったが、彩陽の中ではまだ終わっていない話だったのかもしれない。

まさかまさか、彩陽がＯＫしてくれるなんて展開も……？

わざわざ道をつくってもらうまでもなく、天国は俺の進む先にあった⁉

4　あたしの声にちょっとは気づけよ

こんなにも待ち遠しい放課後が、人生でかつてあっただろうか。

午後には雨も上がり、空も青く晴れ渡《わた》ってきている。これは幸先がよろしい。

彩陽《あやひ》に渡された地図には十七時と時間の指定もあった。

授業が終わってから直行では早めに着いてしまうため、学校の図書室で時間を潰《つぶ》してからバス停へと向かった。

バスで走ること十五分ほど。

到着《とうちゃく》したのは、まるで馴染《なじ》みのない地域だった。

静かな住宅街で、どんな悪事を働けば買えるんだという豪邸《ごうてい》だらけだ。

「さすが天詞家《あまつか》……住んでるところも普通《ふつう》じゃないな」

地図を見ながら、見慣れない道を歩く。

スマホに住所を送ってもらえば早かった気がするが、残念ながら彩陽とは連絡先《れんらく》を交換《こうかん》していない。

「ん……？　ここか？」

たどり着いた家の前で、少し首を傾《かし》げてしまった。

門構えは立派で、その向こうに最近では珍しい平屋の木造建築がある。

立派な瓦《かわら》屋根や、手入れの行き届いた庭も見える。

「意外とこぢんまりとしてるな」

天詞家は、貴秀院《きしゅういん》の生徒の家でも特に裕福《ゆうふく》だと聞いている。

その大金持ちさんにしては、やや謙虚《けんきょ》なサイズではないだろうか。

「もっと威圧《いあつ》的な武家屋敷《ぶけやしき》か、城みたいな洋館かと思ってた……」

一般《いっぱん》住宅よりは立派だろうが、大邸宅《ていたく》というほどでもない。

フィクションのようにはいかないということか。

「…………」

そこまで考えて、はたと固まってしまう。

和風住宅といっても、まさか門を叩《たた》いて「たのもーう」ではないだろう。

もちろんチャイムは備え付けられている。これを押せばいいだけのことだ。

「これを押したら、天詞が出てくるんだよな……？」

なんだ、その夢の装置は。ボタン一つで片思いの女の子が召喚《しょうかん》できるなんて。

またもや気持ち悪いことを考えつつ、逡巡《しゅんじゅん》してしまう。

自宅での彩陽は私服だったり、もしかすると部屋着だったりするかもしれない。

彩陽とは一年生、二年生と同じクラスだが、制服の他には体育のジャージや体操着姿しか見たことがない。

まさか、そのどちらでもない服装を見る機会がやってくるとは……！

「ええい、ままよ……！」

人生で初めて使う台詞《せりふ》を口走りながら、俺はチャイムを押した。

『……ハイ』

「あの……同じクラスの風堂《ふどう》です」

聞き間違《まちが》えるはずもない、彩陽の声だった。インターホン越《ご》しでもはっきりわかる。

『わざわざありがとうございます、風堂くん。ただ、大変失礼なのですが、今ちょっと手が離せなくて。鍵《かぎ》は開けてありますので、そのまま上がってもらえますか？』

「え？　いいのか？」

『はい、玄関《げんかん》にスリッパがあるのでお使いください。玄関から廊下《ろうか》をまっすぐ進んで突《つ》き当たりを右、一つ目の部屋に来てもらえますか。そのまま入ってきてかまいませんから』

「あ、ああ、わかった。それじゃ」

『お待ちしています』

プツン、とインターホンが切れた。

そわそわしつつ、手早く服装を整え、見苦しく汗《あせ》などかいていないか確かめる。

「……よし」

召喚できなかったのは残念だが、少し手間が増えるだけだ。

門から玄関へ進み、「失礼します」と断ってから、最近では珍《めずら》しい引戸を開けて家の中へ入る。

おお、ここが彩陽の家――なんだかさわやかな香りがするような。

「えーと、スリッパと廊下をまっすぐと一つ目の部屋だったたな――」

指示されたとおりに進み、一つ目の部屋を見つける。

ここが居間なんだろうか。そのまま入ってきていいって言ってたが……。

「天詞、入るぞ？」

一応、声をかけてからふすまをすっと引く。

「……え？」

「…………………」

確かに、室内には彩陽の姿があった。

だが、俺の予想に反して居間ではなかったようだ。

畳敷《たたみじ》きの和室。部屋の奥に、艶《つや》のある美しい文机《ふづくえ》。古風な鏡台やタンス。

まるで時代劇で見かけるような部屋だ。

「風堂くん……？　ど、どうしてわたしのお部屋に……？」

「あ、天詞の部屋……？」

タンスの前に立っていた彩陽と目を合わせ、俺も彼女も顔の周りに？マークを乱舞《らんぶ》させてしまう。

いや、そんなことは——どうでもいい！

そんなことより、なによりも！

「あ……！」

彩陽は、両腕《りょううで》で胸を隠《かく》すようなポーズになった。

制服の白いブラウスの前をはだけ、レースで縁取《ふちど》られた高級そうなブラジャーがあらわになっている。

毎日のように制服越しには見てきて、そりゃ俺も健全な男子なので拝んでみたいとは思っていたが……まさかこんなところで！

「お、お客様の前でこんなはしたない格好を！　ごめんなさい！」

「そういう問題か⁉」

半裸《はんら》を見られて恥《は》ずかしいんじゃなくて⁉

「す、すまん！」

「風堂くん、待ってください！」

「え？」

部屋を出るという選択肢《せんたくし》に気づいた俺が身を翻《ひるがえ》したとたん、呼び止められた。

「な、なんだ？　どうかしたのか？」

「せっかくいらしてくれたんですから、まずご挨拶《あいさつ》を……」

「それ、今一番やらなくていいヤツ！」

振《ふ》り向きたい欲望《よくぼう》と必死で戦ってるんだから、余計なことを言わないでくれ！

「と、とにかく悪かった！　またあとで！」

なんと言われようと、これ以上彩陽の部屋に居座るのはまずすぎる。

天然にもほどがある……が、なにか引っかかるな？

彩陽の下着姿のせいで頭が回ってくれない。

というか、廊下に出たのはいいものの、どうすればいいんだ？

「もう……風堂くんのえっち♡」

「い、いや、違《ちが》うって、天詞……！」

「いえぇーいっ‼」

「ぐおおっ⁉」

振り向いたとたん、なにかが正面から襲《おそ》いかかってきた。

ぷるん、たゆんと柔《やわ》らかいなにかが顔に押しつけられて――俺は慌《あわ》てて、それを引き剝《は》がす。

「……亜月《あづき》⁉」

「お姉ちゃんと思った？　残念、亜月ちゃんでした！」

「……亜月の存在を完全に忘れてた」

「ひっど⁉」

亜月が、ただでさえ大きな目をさらに見開いて驚《おどろ》いている。

肩《かた》が剝《む》き出しなキャミソールに、太ももあらわなショートパンツという格好だ。

「こんなに可愛くて騒《さわ》がしくてウザい後輩《こうはい》の存在を忘れるって、相当ですよ！　どんだけ舞《ま》い上がってたんですか、先輩《せんぱい》！」

「自慢《じまん》なのか自虐《じぎゃく》なのかわからんな。い、いや、そうだな……いるに決まってるよな」

「あたしん家《ち》ですからね。いやー、先輩がウチの廊下にいるっていうのがなんかすっごく変。つーか、廊下でウロウロしないでくださいよ」

「あ、ああ。悪い……って、今日は亜月のお姉さんに呼ばれてきたんだよ……いや、ちょっと待て、やっとわかった。おかしくないか？　なんで天詞は自分が着替《きが》えをしてる部屋に来いなんて言ったんだ？」

彩陽が半裸を見られたことより、下着姿が見苦しいと思っているのはともかく。

着替え中に俺を自室へ誘導《ゆうどう》する意味がわからん。

「そりゃ簡単ですよ。さっきのインターホン、あたしですもん」

「はぁ⁉」

「どうです、似てたでしょ？　『わざわざありがとうございます、風堂くん。ただ、大変失礼なのですが、今ちょっと手が離《はな》せなくて』……ってねｗｗｗ」

「なっ…………！」

気味が悪いくらい似てた。亜月の背後に彩陽が隠れてるんじゃないか？

俺にえっち、って言ったのも亜月だよな。彩陽らしからぬ言い回しだ。

「地声はけっこう違うんですけどね。あたしは、なにせ無駄《むだ》に器用なんで」

「なんだ、その無駄な芸達者っぷりは……」

俺の筆跡《ひっせき》を見事に真似《まね》たことといい、亜月は悪事にしか使えなさそうな技術に長《た》けすぎている。

「つーか、見事に騙《だま》せてちょっと複雑……あたしの声にちょっとは気づけよ」

「おまえのワガママは底無しか。騙された上に、鈍《にぶ》さを罵《ののし》られんのかよ……って、待て」

インターホンの声が亜月だったってことは――あらためて考えるまでもなく。

「おまえが、天詞の部屋に誘導したのかよ！」

「まさか着替え中とは。姉、さっき帰ってきたばかりなんですけど、先輩をお迎《むか》えする前に着替えてたんですね。先輩が、いきなりお姉ちゃんと部屋で鉢合《はちあ》わせたら面白いかと思ったのに、面白くなりすぎましたわー」

「ましたわー、じゃねぇよ！　なんてものを見せるんだ⁉」

「ご、ごめんなさい……なんてものを見せてしまったんでしょう、わたし……」

「うおっ⁉」

背後に、いつの間にか彩陽が現れていた。

涼《すず》しげなノースリーブのブラウスに、足首まであるロングのプリーツスカート。

期待したとおりの私服姿、それも予想以上の清楚《せいそ》さ、可憐《かれん》さだ。

そんな彩陽と同じ空間にいるというのが信じられない。

「い、いや、天詞。おまえはなにも悪くない……つーか、お互《たが》いに忘れよう」

「え、ええ。風堂くんがそうおっしゃるなら……」

「え～、先輩が忘れるわけないじゃん。むしろ、脳内で全裸《ぜんら》に加工済みじゃないかな～」

せっかく、当人同士が穏《おだ》やかに解決しようとしてるのに、いらんことを言う奴《やつ》が一人。

あと、俺の脳に写真編集アプリはインストされてねぇよ。

「亜月、ありがとう。天詞がいるし、もう大丈夫《だいじょうぶ》だ」

なにが大丈夫か自分でもわからないが、とりあえず彩陽と二人になりたい。

「あ、いえ。その……どちらかというと、亜月ちゃんの件といいますか」

「亜月の件……？」

「事前にお話しできなくてすみません。亜月ちゃんが、できればお家にご招待してからお話ししてほしいとお願いしてきたものですから……」

「…………っ」

「さっ」

俺が亜月を睨《にら》むと、自称《じしょう》可愛い後輩は素早く目を逸《そ》らした。

こいつ、俺がわくわくドキドキ期待しながら天詞家に来るのがわかってて、姉にそんな頼《たの》み事をしやがったな……。

「亜月ちゃんのお話ではあるんですが……わたしからもお願いしたいんです。どうか、わたしのお願いを聞いていただけたら……」

「…………」

天使のお願いを聞かない理由があるだろうか、いやない。

まだもう少し期待してもいいだろうか……ああ、胸がときめく。

「実は、亜月ちゃんの家庭教師をお願いしたいんです」

「…………」

胸のときめき、これにて終了《しゅうりょう》。

俺が通されたのは、天詞家の応接間だった。

応接間も畳敷きの和室で、立派な座卓《ざたく》が置かれている。

「家庭教師って、なんでまた……」

「理玖《りく》先輩、実は……」

と、彩陽の横で正座している亜月が珍《めずら》しく神妙《しんみょう》な顔で言った。

「実は、この亜月ちゃんは馬鹿《ばか》なのです」

「だろうな」

「だろうな!?　この先輩、自分はちょっと学年トップだからって！」

「あ、あの、落ち着いて亜月ちゃん。えーとですね、妹は残念ながら成績がよくないんです。先日の中間テストの結果もあまり芳《かんば》しくなくて」

なるほど、そういえば亜月の成績は気にしたこともなかった。

外見だけで判断するなら頭悪そうだが、見たまんまなのか。

「それで、家庭教師をつけてみようかと。本人からお願いするのが筋なのですが、亜月ちゃんに頼まれたんです。風堂くんと同じクラスのわたしから話を通してほしいと」

「天詞の妹は、人を通さないと頼み事ができない気弱さなんてないだろ？」

「心外な。あたしごとき後輩が先輩に直接お願い事をするなんて恐《おそ》れ多いからお姉ちゃんに頼んだんですよ」

「邪悪《じゃあく》な笑みを消してから言え、そういう殊勝《しゅしょう》な台詞《せりふ》は」

間違《まちが》いなく、亜月は俺が彩陽からの呼び出しに淡《あわ》い期待を抱《いだ》くことを想定していたはず。

その上で、「残念、亜月ちゃんでした！」をやらかす。そして俺、傷つく。

「亜月ちゃんが学校でこのお話をするのは恥ずかしいということで、ウチに来ていただいたんです」

「なるほど……って、ちょっと待て！」

俺が亜月に手招きすると、奴が膝《ひざ》でちょこちょこ歩いてきた。

「おい、まさかこれが〝レベル上げ〟とか言わないだろうな？」

亜月と顔を寄せ合って、彩陽に聞こえないように小声で訊《き》く。

「先輩、学校で姉と接しててもなにも変わんないです。自宅という非日常的なシチュエーションで姉と話して、経験値を稼《かせ》ぐんです」

「おまえ、そんなことのために家庭教師とか……！」

「……普通《ふつう》にやってたら、先輩が天詞家を訪ねるなんて十年かかっても無理ですよ？」

「…………」

残念ながら否定はできない。十年かかるというのも大げさじゃない。

天詞家でなくとも、女子の家を訪ねるだけで俺にはハードルが高すぎる。

「そういうわけで、〝お家訪問で普段《ふだん》と違う君にドッキドキ〟ミッション、開始です！」

「おまえ、マジで面白がってんだろ……」

亜月を楽しませるだけの亜月ちゃんルートに既《すで》に入ってるんじゃねぇのか？

「あのー、亜月ちゃん、風堂くん？　なんのお話を……？」

「あ、ああ、すまない。なんでもないんだ」

くそ、亜月の思惑《おもわく》はともかく、来てしまった以上は今さら引き返せない。

やはり、俺が油断した頃《ころ》に〝天国作戦〟が始まりやがった……！

「それより、家庭教師の話をもう少し詳《くわ》しく頼めるか？」

「そうでした。すみません。妹はまだ入学したばかりですが、前回の中間テストの成績にだいぶ問題があったので……早めに手を打っておこうかと」

「ふむ……つまり、亜月は裏口入学だったのか？」

「なんでそうなるんですかっ、先輩！」

「いや、ちょっと疑わしいとは思ってたんだよな。貴秀院の入試はかなりキツいだろう。なんで亜月が受かったのかと」

「い、いいえ、亜月ちゃんはちゃんと入学試験に合格しています。天詞家は不正のたぐいはいたしません」

「天詞がそう言うなら間違いないか……」

「あたしと姉の信頼度《しんらいど》の差がエグい」

亜月が、ぶつぶつ文句を言っているが、普段の行いに問題があるのが悪い。

「まぐれで貴秀院に受かっちまったってことだな……」

俺は、思わず腕組《うでぐ》みして考え込んでしまう。

「身の丈《たけ》に合わない成果が出ちまうと、キツいよな……」

なにしろ、同じ経験をした人間をよーく知っているわけだからな……。

「また身も蓋《ふた》もない言われようですけど……先輩？」

「あ、ああ。なんでもない」

俺の過去の苦労など、人様に話すことでもない。

「要するに、亜月の今後の学業に大いに不安があるから家庭教師が必要ってことだな」

「言い方は引っかかりますが、そういうことですよ先輩」

亜月はにやりと笑うと、畳《たたみ》の上に手をついた。

「家庭教師、お願いします、理玖先輩。授業料はあたしのボディで♡」

「当方は現金払《ばら》いしか受け付けてない」

「秒で否定された！　先輩、ノリが悪い！　もっと乗っかってくださいよ！」

そうは言われても、なにしろ彩陽の前なのだ。迂闊《うかつ》に悪ノリできねぇ。

「だが、なんで俺なんだ？　天詞家なら高学歴で実績もある家庭教師を雇《やと》えるだろう？」

俺を家に呼び込む口実としては、ちょっと苦しくないか？

「もちろん検討はしたのですが、亜月ちゃんが候補者のみなさんにダメ出しを……」

「おまえ、何様なんだ？」

「偉《えら》そうな先輩には言われたくないですねえ。でも、男の家庭教師だと亜月ちゃん可愛いから気が散るでしょうし、女の先生でも亜月ちゃんの可愛さに嫉妬《しっと》しちゃうでしょ？」

「亜月、家庭教師じゃなくて医者が必要なんじゃないか……？」

「人の自宅だろうと、一ミリも容赦《ようしゃ》しないのが先輩《せんぱい》らしくていいですよ」

「それはどうも」

俺に白羽の矢が立ったのは、作戦のための口実ってだけじゃないのか。

亜月に家庭教師が必要なのはマジで、普通に派遣《はけん》されてくる家庭教師が嫌《いや》だっていうのも事実なのかも？

「だったら、天詞が教えるのはどうなんだ？　一年の頃から学年トップを独占《どくせん》してきた秀《しゅう》才《さい》じゃないか」

「独占だなんてそんな……この前の中間テストは風堂くんに完敗しましたし」

彩陽は、恥《は》ずかしそうに笑っている。

心から完敗だと思っている顔だった。

本校舎の一階廊下《ろうか》に貼《は》り出されたテスト結果には点数も表示されている。

一位の俺と二位の彩陽の点差は、わずか3点にすぎなかった。

些《さ》細《さい》なケアレスミス一つで簡単にひっくり返る点差でしかない。

少なくとも、俺は完勝だったとは思っていない。勝ちは勝ちだが。

「それに、姉のわたしですとどうしても甘やかしてしまうので」

「ああ、天詞が甘やかしたから、亜月はこんなんになったのか」

「こんなん〜⁉　さっきから毒舌が止まりませんね、先輩！　あんなにもあたしを可愛《かわい》がってくれた先輩はどこへ行ったの⁉」

「どんなにもだよ⁉　そんな先輩、いねぇよ！」

「まあまあ、先輩。ちょっとちょっと」

「ん？」

　亜月が顔を寄せてきて、耳のそばでささやいてくる。

「あたしの家庭教師になれば、定期的にウチに来てお姉ちゃんと接触《せっしょく》できて、経験値どっさりでボロ儲《もう》けですよ」

「なにがボロ儲けだ。おまえのいたずらで破滅《はめつ》するピンチも増えそうなんだが」

　さっきの〝着替《きが》えにバッタリ事件〟、下手したら通報ものだぞ。

　亜月ちゃんルートですらなく、逮捕《たいほ》からのバッドエンドルートじゃねぇか。

「そりゃあ、悪魔《あくま》も手ぐすね引いて待ってますから。ですが、ピンチもチャンスもなにもないよりはマシじゃないですか？」

「……まさに悪魔のささやきだな」

　そのとおりではある。俺と彩陽の接点は同じクラスというだけ。

彼女との距離《きより》を詰《つ》めるための計画は、未《いま》だに白紙のままだ。

「あの、風堂くん、亜月ちゃん？　さっきから何度もなにを……？」

「ああ、悪い。ちょっと、本人の口から具体的な成績なんかをな」

堂々と嘘《うそ》をつく俺。〝天国作戦〟は、彩陽にだけは知られてはならない。

「そうなんですか……あ、風堂くん。もちろんバイト代もお支払《しはら》いします。こちらで相場を調べてみたのですが、――くらいでいかがでしょうか？」

きちんとお金の話ができるのは素晴らしいことである。さすが彩陽だ。

妥当《だとう》と思える金額の二倍くらいだが……彩陽もそれだけ困難な仕事になると踏《ふ》んでるんだろう。

「わかった、引き受ける」

「んん？　先輩、今なんて？」

「亜月の家庭教師を引き受けると言ったんだ。金銭の問題もクリアされてるしな。そうだな、ウチの学校で馬鹿はまずい。貴秀院じゃ、秀才にあらずんば人にあらずだからな」

「そ、そこまで貴秀院もラディカルではないのでは」

「いいや、そこまで過激だ。ま、それくらいの気構えで勉強したほうがいいだろう」

彩陽は俺に抜《ぬ》かれるまで学年首位をひた走ってきたから気づいていないだけだ。

進学校では成績がなにより重視される。

成績が悪ければ、人間として下に見られることすら当たり前なのだ。

俺は、そのことを痛いほどよく知っている――

「ふーん、意外とあっさり引き受けてくれましたねー」

亜月は感心したフリをしているが、俺が彩陽との接触のチャンスを逃《に》がさないことくらいは予想していただろう。だが――

「亜月、家庭教師をやるなら本気でやるぞ。いつもみたいに甘やかさないぞ」

「甘やかす⁉　先輩、普段からものっすごいスパルタでしょ！　その台詞は仏の亜月ちゃんでもちょっと怒《おこ》りますよ！」

「勉強に関しては手抜《てぬ》きしないってことだ」

「……うわ、またかっこいいことを」

亜月は感心しているが、当然のことだ。

俺が天詞彩陽に勝てるものがあるとすれば、ただ一つだけ。

その勉強だけは、たとえ教える側であろうと手は抜けない。それだけのことだ。

5　女の子って、ちょこっと馬鹿《ばか》なくらいが可愛いですよね♡

そして、翌日の放課後——

昨日から家庭教師を始めてもよかったのだが、準備も必要ということで、時間をもらったのだ。

亜月《あづき》に言ったとおり、手抜きをするつもりはない。一切ない。

「それでは風堂《ふどう》くん。今日から、ウチの妹をよろしくお願いします」

「ああ、任せてくれ。準備はぬかりない」

天詞《あまつか》家玄関《げんかん》で俺を出迎《でむか》えてくれた彩陽《あやひ》は、今日も私服姿だ。

半袖《はんそで》の白いワンピース姿で、いかにも清楚《せいそ》なお嬢様《じょうさま》という雰囲気《ふんいき》だ。

今日はさすがに着替えには遭遇《そうぐう》してない。狡猾《こうかつ》なるあいつは同じ手口は使わない。

この際、使ってくれてもいいんだが——っと、いかん。

告る前に下着姿を見るとか、順番を間違《まちが》えすぎだ。

彩陽に案内されて、今日は居間らしき部屋へと通された。

居間も和室で、ＴＶや棚《たな》、座卓《ざたく》やソファが置かれていて、応接間より生活感がある。

彩陽の生活の一部を垣間見《かいま》て、こんなことでもドキドキしてしまう。

その彩陽はお茶を淹《い》れますと言って、居間を出ていった。

ふすまの開け閉め一つとってもお行儀《ぎょうぎ》がよく、さすがのお嬢様っぷりだ。

ああ、いちいち彩陽の一挙手一投足《いっきょしゅいっとうそく》に動揺《どうよう》していて俺の心臓はもつのか？

いや、気を引き締《し》めろ。せっかく彩陽の家に来られる機会を無駄《むだ》にはできない――

「あ、せんぱーい。お姉ちゃん目当てでいらっしゃいましたねー」

「声がでけぇ！」

ふわふわーっとした足取りで入ってきた後輩《こうはい》が、いきなりとんでもないことを口走ったので、がしっと頭を押さえる。

「ちょっと先輩！　女の子の頭を掴《つか》んじゃダメですよ！　髪型《かみがた》が崩《くず》れます！」

「俺の計画が崩れそうなんだよ！」

「いけませんね、既《すで》にあたしの作戦があるのに別計画を同時進行させると、崩壊《ほうかい》の元ですよ。どうせ、お姉ちゃんの連絡《れんらく》先を聞き出そうとか、みみっちいモンでしょ？」

「……別に、毎日教室で会えるんだから連絡先なんて知らなくてもいいだろ」

「今、間がありましたね。せんぱぁい、頼《たの》みますよ。作戦にもない程度のどうでもいいことですよ。連絡先くらい普通《ふつう》に聞き出してください」

「俺はそんな陽《よう》キャじゃないんでな……」

「先輩は学年トップですよ。貴秀院《きしゆういん》じゃ、既に上位種族入りしてますよ。ゴブリンで言えばホブゴブリンですよ！」

「ゴブリンで言うな！」

俺もファンタジー小説を読んだことくらいはある。

せめて、ハイエルフとか言いようがあるだろ。

「最近のラノベじゃゴブリンが熱いんですよ。あたしは流行《はや》りのポンコツエルフですね」

「そんなもん流行ってるのか……まあいいから、そろそろ座れ」

亜月は今日はまだ制服のままだ。帰ってきたばかりなのだろう。

髪《かみ》を二つ結びにしている。学校ではあまり見かけない髪型だ。

いつもより幼く見える髪型は、自宅でくつろぐには楽なのかもしれない。

「はいはい、座りますよ。でも、ここでいいんですか？」

亜月は、座卓に教科書だのノートだのを並べつつ言った。

「なんだ、他の部屋のほうがいいのか？」

「いえ、亜月ちゃんのお部屋に興味津々《きようみしんしん》だったりしません～？」

「俺、汚部屋《おべや》は好きじゃなくてな……」

「あたしも好きじゃないですよ！　というか、汚部屋じゃないですよ、失敬な！」

「なぜ汚部屋じゃないんだ？」

「それ、既定路線《きてい》なんですか？　言っときますが、あたしの部屋は常に整理整頓《せいとん》が行き届いて、チリ一つ落ちてませんよ」

「ああ、使用人がいるのか？」

「はい」

「……じゃあ、おまえが綺麗《きれい》好きなわけじゃねぇだろ。というか、俺も挨拶《あいさつ》したほうがいいか？」

「この家には一人だけなんですが、今日はいません。だいたい、ウチの使用人はお客さんの前には姿を見せないですね。忍《しの》んでます」

「使用人がそれでいいのか……？」

客に応対するのも使用人の仕事ではないだろうか？

「……待て。この家には一人だけ？　妙《みょう》な言い回しだな」

「ここって別宅なんですよ。この家で生活してるのは、あたしとお姉ちゃんと、その使用人だけ」

「は？　まさか、その……」

「あー、あはは。複雑な家庭環境《かんきょう》とかはないですよ。天詞では子供は親の手元で育てないんです。父も母も多忙《たぼう》ですからね。ウチら姉妹は祖父母に育てられてたんですが、数年前に二人ともコロッと他界しまして。そのあとは、使用人と三人で暮らしてます」

「あっけらかんと話しすぎじゃないか……？」

「ここ、こぢんまりとしてるでしょ？　姉妹が暮らすだけなら充分《じゅうぶん》な広さですから」

「……ああ、なるほどな」

あの天詞家にしては、そこまで大邸宅《ていたく》というほどでもない理由がわかった。

「ウチの両親はタワマン暮らしですよ。現代のお金持ちはもう漫画《まんが》みたいな大豪邸《だいごうてい》には住まないんです」

「まあ、マンションのほうが設備は揃《そろ》ってるし、セキュリティもしっかりしてるだろうしな……って、おい。三人だけで防犯面は大丈夫《だいじょうぶ》なのか？」

「大丈夫ですよ、ウチの両隣《りょうどなり》お向かい、このあたり一帯はほとんど天詞の関係者ですから。ご近所が総出であたしん家《ち》を見張ってくれてるようなもんです」

「そりゃ頼もしい……って、そこに俺みたいなのが出入りしていいのか？」

「……まずいかも」

「おおいっ、天然は天詞だけで充分なんだが!?」

天詞一族に命を狙《ねら》われようものなら、俺みたいな一般庶民《いっぱんしょみん》はひとたまりもない。

「冗談《じょうだん》ですってば。むしろ、先輩《せんぱい》は『本家の馬鹿次女の面倒《めんどう》を見る人間が現れるとは』って敬意を持たれてるでしょう」

「待て、亜月の馬鹿は一族郎党《ろうとう》に知れ渡《わた》ってるレベルなのか？」

「女の子って、ちょこっと馬鹿なくらいが可愛《かわい》いですよね♡」

「そんなことを自分でのたまう奴《やつ》は、あまり可愛くねぇな……」

どうやら、俺は危険すぎる仕事を請《う》け負《お》ってしまったらしい。

「すみません、風堂くん、お待たせしました。どのお茶を淹れるか迷ってしまって」

「……よし、始めよう」

彩陽が湯飲みや急須《きゅうす》を載《の》せた盆《ぼん》を持って現れ、俺は気を取り直す。

自分の勉強とは勝手が違《ちが》うだろうが、俺が底辺から成績トップまで昇《のぼ》った経験は活用できるはず。

家庭教師は報酬《ほうしゅう》が発生する仕事だ。

とりあえず、作戦とか忘れて徹底《てってい》的に亜月に教え込んでやろう……！

授業時間は四十五分。

最初にそう決めていた。亜月はどうせ勉強慣れしていないだろう。

無駄に長時間続けても、集中力がもたない。

短時間でも密度の濃《こ》い授業をするほうが効率がいいはずだ。

「……よし、休憩《きゅうけい》にしよう」

「ふぇーっ……！　死ぬかと思いましたよ、先輩……」

「勉強のしすぎで死んだ奴はいねぇよ」

おそらくいるだろうが、いないことにしておく。

「めっちゃ準備万端《ばんたん》でしたね、先輩……たった一日でオリジナルの問題集までつくってきちゃうとか……暇《ひま》なんですか？」

「おまえ、ドツくぞ」

昨日、徹夜《てつや》で一年生の教科書や参考書、ノートをひっくり返して亜月専用の問題集をつくったのだ。

亜月の学力は本気で知らないが、貴秀院の底辺レベルなら想像がつく。

かつての俺がそうだったのだから。

「亜月、十分休憩して、また四十五分勉強だ。今のうちによく休んでおけ」

「言われなくても、休む以外のことはしませんよ！　見くびらないでください！」

「見くびっちゃいないが……まあ、好きにしろ。またすぐに地獄《じごく》だ」

「地獄って言わないでくださいよ！　この鬼《おに》教官！　鬼畜《きちく》男子！」

「まだ元気ありそうだな。インターバル十分は長すぎたか？」

「休みます！」

亜月は ゴロゴロと畳《たたみ》の上を転がり、ソファまで移動してそこに寝転《ねころ》がった。

ミニスカートでそんなダイナミックなアクションをするなよ。

「お疲《つか》れ様でした、風堂くん」

「ああ、まだ前半が終わっただけだがな」

実は、彩陽も四十五分の間、同じ座卓についていた。

彼女も教科書とノートを広げて勉強していたようだ。

「だが、わざわざ天詞も付き合わなくてよかったんだぞ？」

心にもないことを真顔で言う俺。

「い、一応……妹と殿方《とのがた》を二人きりにはできないといいますか……いえっ、本当に風堂くんを疑ってるわけではないんです！　ただ、天詞はそういう家なので……」

「なんだ、そんなことか。いや、当然のことだろ」

疑われても全然ＯＫだ。俺が亜月を相手に理性を失うはずもないし。

彩陽が同席してくれるのだから、むしろありがたいくらいだ。

「本当にごめんなさい。こちらから家庭教師をお願いしておいて、失礼なことを……お詫《わ》びといってはなんですが、わたしにもできることがあれば、なんでもしますので！」

「な、なんでも？」

「食いついた、食いついた……浅ましいですよ、先輩ｗ」

ソファに寝転がっている物体がなにか言っているが、気にしない。

「いや……高いバイト代をもらうんだから、他になにもいらない」

「そりゃ、いらないですよね。先輩にはバイト代だってついでなんだし」

「え？　亜月ちゃん、それはどういう……？」

「妹さんは勉強疲《づか》れで錯乱《さくらん》してるようだ。しばらく放っておこう」

「ハイハイ、亜月ちゃんは放っておかれますよ。ちょっと、お部屋に戻《もど》ってきます」

「ちゃんと十分で戻ってこいよ」

ナイスだ、亜月。素晴らしい。天国作戦は、続行中らしいな。

これでめでたく、彩陽と二人きりだ。

といっても、いったいなにを話したものか……ヤバい、沈黙《ちんもく》はヤバい。

「……変な感じですね」

「え？　な、なにがだ？」

「同じクラスの男の子が、わたしの家にいるのが……いえ、変っていう言い方はよくありませんね！　ちょっと慣れないといいますか……」

「……俺も戸惑《とまど》ってないって言ったら嘘《うそ》になるな。天詞とは、これまでろくに話したこともなかったわけだし」

「風堂くんが、亜月ちゃんと仲良くしてくれていることは知っていました。ですから、実は前からきちんとお話ししてみたかったんです」

「…………」

くそっ、くそっ、くそっ！

それならもっと早く言ってくれよ！

「それに――わたしだって、人間なんですよ？」

「……は？」

「お友達に言われたんです。この前の中間テストの結果が貼《は》り出されたあと――さすが、一回トップから落ちたくらいじゃ動じないよね、と」

そのとおりじゃないか？

なにしろ、教室では隙《すき》あらば彩陽の顔を盗《ぬす》み見ている俺だ。

俺が学年首席を獲《と》ったあとも、彼女の様子に変化は見当たらなかった。

「そんなことないんです。わたしだって人間です。学年トップを獲れれば嬉《うれ》しいですし、二位に落ちれば……悔《くや》しいんですよ？」

「く、悔しい？　天詞が？」

「当然ですよ。だから、わたしに勝った人のことは気になってましたよ」

彩陽は、ぷくっと頬《ほお》をふくらませて俺を睨《にら》んでくる。

天使の笑顔の裏にも、人間の感情が潜《ひそ》んでた——

彩陽が優しいことと、腹が立つことの一つや二つあることは矛盾《むじゅん》しない。

ていうか、ふくれっ面《つら》の彩陽が可愛すぎて気を失いそうだ。

「そうだな、俺だって人間だ。正直なことを言おう。天詞に勝てて——嬉しかった」

「むう……」

天使様はますます頬をふくらませた。

「風堂くん、次のテストはわたしが勝ちますからね」

「悪いが、俺もトップを譲《ゆず》る気はない。家庭教師の仕事くらいは障害にもならないから、ハンデを背負わせたなんて思わなくていいぞ」

「……風堂くん、意外と意地悪なんですね」

たぶんだが、彩陽はこんな風に人と張り合ったことはないんじゃないだろうか。

「正直に言ったのは、俺はトップを獲ったことを誇《ほこ》りに思ってるからだ」

「二位以下のわたしたちへの気遣《きづか》いですか？」

「それもあるが、俺は自分の努力と結果を否定しない。学園祭で背中を押してくれた恩人のためにもな」

「学園祭……？　恩人……ですか？」

ふむ、ちょいとカマをかけてみたが、反応は無し……か。

やはり忘れているか、あるいは彼女にとっては特に意識するような出来事でもなかったのか。

「ま、俺は凡人《ぼんじん》だからな。生きてるのが不思議なくらい頑張《がんば》って、やっと獲った首席だ。喜ぶのも譲りたくないのも当たり前だろ」

「風堂くんが凡人だとは思いませんよ。ですが、わたしもあなたの努力に負けないだけのことはしますから。次は勝ちます」

じっ、と彩陽が見つめてくる。

まさか、あの憧《あこが》れの天詞彩陽にライバル認定してもらえるとは。

若干、俺が望む方向から逸《そ》れているが、ただのクラスメイトAよりはよっぽどいい。

こんな展開、亜月の家庭教師がなければありえなかった。

もしかして俺、順調にレベル上がってるのか……？

「あ、いえ、ごめんなさい。さっきから生意気なことばかり」

「いや……あの天詞彩陽も人間だってわかって、ちょっとほっとしたよ」

「なんですか、ほっとしたって」

彩陽は、くすくす笑ってる。

挑戦《ちょうせん》的な目つきも新鮮《しんせん》でよかったが、やっぱり笑ってる彩陽が可愛いな。

「あ、そうです。生意気なついでに一ついいですか？」

「なんだ？」

「わたしも亜月ちゃんも〝天詞〟ですから。まぎらわしいので、名前で呼んでいただけないでしょうか？」

「なっ、名前で⁉」

心の中ではそう呼んでいるどころか、呼び捨てだ。カレシ面してんのかって話だ。

亜月やセイラはともかく、この天詞彩陽を名前で？

嫉妬《しっと》に狂《くる》った彩陽ファンに殺されないか？

「あ、わたしの下の名前は〝彩陽〟です。華《はな》やかすぎて恥《は》ずかしいんですけど」

「微塵《みじん》も名前負けしてねぇだろ」

「え？」

「あ、いや……そ、そうだな」

つーか、わざわざ下の名前を教えてくるところが奥ゆかしい。

この有名人の下の名前を知らない奴《やつ》は、貴秀院に一人もいないだろ。

「じゃあ、その……彩陽……さん？」

「〝さん〟はいりませんよ。貴秀院は、男女ともに呼び捨てが多いじゃないですか。わたしは呼び捨ては苦手ですが、風堂くんは気にしなくていいですよ」

「そ、そうか。じゃあ、彩陽……」

「はい、風堂くん」

マジか……天詞彩陽をおおっぴらに下の名前で呼び捨てにできる日が来るとは！

彩陽のファンに殺される？　知ったことか、殺したければ殺せ！

いや、殺されるつもりはないが、他人など知ったことか！

ああ、家庭教師引き受けてよかったぁぁぁ！

もう俺、告白できるところまでレベル上げできたのでは!?

「はー、パイのME《ミー》が美味《おい》しいー」

すらりと居間のふすまが開いて、後輩《こうはい》登場。

「理玖《りく》先輩《せんぱい》にいじめられて消耗《しょうもう》した身体《からだ》に糖分が染み渡《わた》るー」

「……まだ十分経《た》ってないぞ」

せっかく人が感動していたのに。

亜月は、ニヤニヤしながらパイ生地のお菓子《かし》をぱくぱく食べている。

どうやら、悪魔《あくま》のサービスタイムは終わったようだ。


再び四十五分経過。

若干、授業が厳しくなったのは、彩陽との楽しいおしゃべりを邪魔《じゃま》された腹いせではない。断じて。

「はああああぁぁ、終わったぁ……亜月ちゃん、もはやこれまで」

どさり、と亜月がソファに倒《たお》れ込むようにして座る。

「風堂くんの授業、わたしも聞かせていただきましたが、とてもわかりやすかったです。わたしも教わりたいくらいです」

「いや、俺も人に教えるのは初めてだからな。次はもうちょっと上手くやりたいところだ。彩陽に教えられるレベルじゃないが」

「〝彩陽〟ねぇ……まったく、人が目を離《はな》した隙にイチャコライチャコラと」

「…………」

まだ独り言のボリュームが大きいぞ、後輩。

イチャコラできていたら、どんなに嬉しいか。

「ふふ、風堂くんがどうやってお勉強してるのか盗むチャンスですよね」

「おいおい、付き添《そ》ってる目的はスパイなのか？」

スパイなら、既《すで》に間に合ってるんだが。

「首席奪還《だっかん》のためなら、手段は選びませんよ。方法にこだわって勝てる相手ではないですからね、風堂くんは」

「ずいぶん高く評価してもらえて光栄だな。そういえば、彩陽の――」

「ちらっ♡」

「…………っ⁉」

視界の端《はし》で亜月が動いたのが見えた。

「………♡♡」

悪魔が、ニヤニヤとソファの上で笑っている。

ソファにだらしなく座ったまま、なにを思ったのかギリギリ丈《たけ》のミニスカートをぺろりとめくっていた。

可愛《かわい》さとエロさが同居する、薄《うす》いピンクのパンツ。小さなリボンがあしらわれている。

前は黒いブラジャーを見てしまったが、パンツは可愛い色を好むのか。

疑問は尽《つ》きないが、最大の謎《なぞ》は後輩がなぜ唐突《とうとつ》にパンツを見せつけているのかだ。

「風堂くん、なにか言い掛《か》けましたよね？　どうかされたのですか？」

「い、いや……」

幸いというべきか、彩陽はソファに背を向ける位置に座っているので、妹のご乱行《らんぎょう》に気づいていないようだ。

それをいいことに、亜月はスカートを戻してはまためくり、ぴらぴらと何度もピンクの下着を見せつけてきている。

なにを考えてるんだ、こいつは——！

全力でツッコミを入れたいが、彩陽に気づかれるのはまずい。まずすぎる。

亜月が自分から見せているといっても、妹の下着を見た男に好感を持つだろうか？　いや、持つまい。

亜月はニヤニヤ笑いをしつつも、頬を赤らめている。

くっ、あの後輩《こうはい》！　自分が恥ずかしいのもいとわずに、俺の邪魔をするつもりだ！

「……？　風堂くん、顔が赤いですよ？　もしかして熱があるのでは……？」

「だ、大丈夫《だいじょうぶ》だ。ちょっと暑いのかもな」

そんなわけがない。天詞家の居間はエアコンが効いていて快適な室温に保たれている。

「あ、失礼しました。もうちょっと設定温度を下げてみますね」

彩陽は疑う様子もなく、エアコンのリモコンを手に取って調整し始めた。

その彩陽の後ろでは、悪魔がお腹《なか》を押さえて声を上げずに肩《かた》を震《ふる》わせて笑っている。

あいつ、マジであとで覚えてろよ。

「そ、それじゃ、そろそろ俺はお暇《いとま》する！」

「え？　夕食もご用意しようかと……」

「あくまで俺は家庭教師だからな、そこまでしてもらっちゃ悪い。うん、いくらクラスメイトとはいえ、仕事なんだからケジメは必要だ」

「そ、そういうものですか」

「もしかして食材を用意してたか？　すまん、最初に言っておくべきだったな」

「いえ、そこは大丈夫ですけど……あ、そうです、すっかり忘れていました」

彩陽はそう言うと、スマホを取り出した。

「今さらですけど、連絡先《れんらくさき》を交換《こうかん》しませんか？」

「そ、そうだな。お互《たが》いに急に予定が変わることもあるかもしれないしな」

「うおー、さっそく食いついた。チャンスを無駄《むだ》にしない男、風堂理玖」

「………………」

ようやくスカートを元に戻《もど》した後輩が、まだしつこく外野から突《つ》っ込《こ》んでくる。

軽やかにスルーしよう。

「じゃあ、ＬＩＮＥのＩＤと念のために電話番号も――」

俺がスマホを彩陽のほうへ向けたとたんに、メッセージが着信した。

反射的にＬＩＮＥアイコンをタッチして、画面を表示させてしまう。

「え、亜月？　なんでＬＩＮＥなんか……って、おいっ⁉」

「あっ……ご、ごめんなさい！　覗《のぞ》き見るつもりは……！」

立て続けにメッセージが届き、彩陽にも見えてしまったらしい。

《ごめーん、先輩。お姉ちゃんに聞かせられないからこっちで》

《ひょっとして、さっきからパンツ見えちゃってました？》

《ついでに、いつもみたいに今日のパンツ送っておきますね♡》

だだだだーっ、と表示されたメッセージ——

さらに最後に送信されてきた写真は——スカートの中を写したものだった。

ついさっき見たばかりのピンク色のパンツが写っている。

「の、覗いてしまってごめんなさい！　風堂くんは夕食はいらないとウチの者に伝えてきますね！」

彩陽からはスマホ画面は逆さだったが、メッセージも写真もきっちり見えたらしい。

「それと、亜月ちゃん！　あとでお話がありますからね！」

「ふぁーい」

亜月は、どうでもよさそうにソファに寝転《ねころ》んだまま手を振《ふ》って答える。

それから、彩陽は小走りに居間を出ていってしまう。

「よし、おまえをドツく」

「お姉ちゃんがいなくなったとたん、ＤＶですか！　大丈夫です、あたしはいくらぶたれてもあとで優しくしてくれたら、すぐに許しちゃうチョロい女ですよ！」

「おまえ、マジでシバき回すぞ……」

せっかく、下の名前で呼べるようになって順調に経験値も稼《かせ》いだのに！

今のパンツ騒《さわ》ぎだけでマイナスじゃねぇか！　レベル下げてどうする！

天国作戦、早くも戦略的撤退《てったい》を検討すべきかもしれない。


天詞家を出ると、外はもう真っ暗だった。

初夏とはいえ、夜になると暑さが緩《ゆる》んで風は涼《すず》しい。

「まったくもうっ、油断も隙《すき》もない。先輩ってば、なにをどさくさにまぎれて姉と連絡先を交換しようとしてるんですか」

「……おまえ、なんでついてきてんの？」

後ろを振り向くと、そこには制服姿の亜月。

素足にサンダル履《ば》きになっていることを除けば、学校での姿と変わらない。

「バス停までご一緒《いっしょ》しますよ。尊敬する先輩をお送りするのは後輩の義務でしょ？」

「もう暗いんだから帰れ。結局、おまえを家まで送らせる作戦か？」

「今日は作戦は打ち止めです。でも、今日はお姉ちゃんをまさかの名前呼びできた上に、亜月ちゃんのエロ下着まで見られたんだから、まさに天国でしたねｗ」

「写真をスマホに送ってこなければな！」

結局、恐《おそ》ろしくて彩陽とはろくに話せないまま天詞家を出てしまった。

家庭教師の男が妹とやべぇ写真をやりとりしてる——なんて思われてたらどうするんだ。

「でも、女子のパンツにも慣れておかないと。お姉ちゃんのパンツを見たいのは仕方ないですが、まずは亜月ちゃんのパンツを見慣れてレベルアップです♡」

「そんな必要あるか！　いいからもう引き返せって」

「バス停は近くだから、一人で帰れますよ。なんなら、バス停でタクシーを呼びます」

「バス会社へのイヤガラセか？」

「とんでもない、先輩へのイヤガラセですよ」

「認めたな！」

亜月が後ろをついてきてると、奇襲《きしゅう》でもくらうんじゃないかと不安なんだよな。

「つーか、おまえ連絡先くらい普通《ふつう》に交換しろみたいなこと言ってなかったか？」

「いざ実行されるとムカつくんですよ。先輩のＬＩＮＥアカをあたしも閲覧《えつらん》できるようにしておかないと……」

「怖《こわ》い怖い！　それかなりグレーだぞ！」

亜月の場合、本当にやりかねないから恐ろしい。

「まったく……なにか話があるなら、さっさと言え」

「じゃあ訊《き》きますけど、今日の家庭教師、どうでしたか？」

「なんだ、そんなことが訊きたかったのか？　思ったより馬鹿《ばか》だったが、手のつけようがないってレベルでもない。一応、貴秀院に合格したんだしな」

貴秀院の入試は三ヶ月ほど前だ。まだ、最低限の学力は維持《いじ》されているはず。

「首席合格のお姉ちゃんとは比べものになりませんけどね」

「彩陽と比べるのが間違《まちが》いだろう。それにしても、家庭教師に来てよかった」

「今日はお姉ちゃんの着替《きが》えは見てないでしょ？」

「それが目的じゃない！　そうじゃなくて、俺たちの横で彩陽が勉強してただろう」

「あの人は時間を無駄にしません。あれで、死に物狂いで努力してるんですよ」

「……今日、こっそり彩陽のノートを見てみたが……ひどいもんだった。ぐっちゃぐちゃでどう見ればいいのかわからないくらいだったな」

「おんや？　姉のノートはＤＴＰソフトでレイアウトしてんのかってほど綺麗《きれい》に整理整頓《せいとん》されてるはずですけど」

「俺が教室でこっそり見たときも、そんな感じだったな」

「先輩《せんぱい》はウチの姉のノートを盗《ぬす》み見るのが趣味《しゅみ》なんですか？」

「金のかからない趣味だろう。丁寧《ていねい》さなんてかなぐり捨てて、俺に勝つために全力を出してきてるってことだよな」

「雑に見えても、姉の頭の中では整理できてるんでしょうね。言ったでしょう、奴《やつ》は無駄なことはしませんよ」

「ヤバいな。俺、余計に彩陽に火をつけたかもしれない」

思わず笑ってしまうが、笑い事でもないか？

「勉強のほうのレベル上げなら望むところだ。何度でも彩陽に勝ってやる……」

「〝かしこさ〟をもっと上げるのはいいんですけどね。よりによって勉強でお姉ちゃんに勝とうなんてよくもまあ、そんな無謀《むぼう》なことを」

亜月はジトーッと俺を半目で睨《にら》んできて。

「姉はなにをやらせても優秀《ゆうしゅう》ですが、頭の中身は特に桁外《けたはず》れですよ。死んだら脳が保存されるレベル」

「アインシュタインじゃねぇんだから」

脳の保存はともかく、彩陽の頭のデキが常人離《ばな》れしてるのは俺もよく知ってる。

だが、だからこそ――

「無謀なのはわかってる。だからこそ、挑《いど》む価値があったんだよ」

「……先輩、お姉ちゃんとなにがあったんです？」

「彩陽とは一年のときも同じクラスだったが、まともに話をしたのは一回きりだ。学園祭のときに、あいつに――」

「……んん？　なんでそこで止めるんです⁉　続き、続きを早く！　ハリー！　ハリー！」

学園祭でいったいなにがあったんじゃー！」

「やめよう、別にたいした話でもねぇよ。いいから、騒ぐな。近所迷惑《めいわく》だ」

高級住宅街の夜道は静かなもんだ。

さっきから俺たちの話し声が異様に大きく聞こえるくらいだ。

「ちぇっ、ケチ。守銭奴《しゅせんど》。チンピラ。覗き魔《ま》。年下好き」

「止めないと言い続けるのか⁉　つーか、年下好きってなんだ！」

「先輩、騒ぐと近所迷惑ですよ」

「おまえほど殺意を抱《いだ》かせるのに長《た》けた女子高生はいないだろうな……」

証拠《しょうこ》が残りにくい夜道で挑発《ちょうはつ》するのはやめろ。俺の理性、そこまでアテにならない。

「つまり、学園祭でお姉ちゃんにフォーリンラブしちゃったってわけですか？」

「ずいぶんしつこく追及《ついきゅう》してくるな」

「ふーん、なにがあったか知りませんが、あのお姉ちゃんに勉強で勝つなんて無茶な目標掲《かか》げて、しかも達成しちゃうなんて。よっぽど好きなんですねえ」

「今日は、真面目な方向で絡《から》んできやがるな……」

「理解できないなあ」

「なにがだ？」

「あたしなんて、お姉ちゃんのこと全然好きじゃないです」

「別に亜月に理解されなくても——ん？　おまえ、今なんて言った？」

今までだって、亜月が姉を好きだとか尊敬してるだとか聞いたことはないが。

天詞姉妹が不仲なようには見えない。まったく見えない。

「ぶっちゃけ、お姉ちゃんと同じ貴秀院に進学する気なんてこれっぽっちもなかったですよ。むしろ、一番行きたくない学校でしたよ」

「……でもおまえ、無理をしてまで貴秀院に入ったんだろ？」

家庭教師で亜月の学力を見たからこそ、この後輩《こうはい》が相当な無理をして貴秀院に入ったと確信できる。

「あ、バス来てますよ。先輩、今日はお疲《つか》れ様でした」

確かに、いつの間にかバス停についていて、今まさにバスがこっちに走ってきている。

だが、あんな話を聞かされてバスなんかどうでもいいというか——

「先輩」

「…………っ⁉」

亜月は、俺の制服の袖《そで》をくいっと引くと。

ちゅっ、と頰《ほお》に軽く口づけてきた。

「おっ、おおいっ⁉　今度はなんなんだ⁉」

「今のお話はナイショで。ちゅーは、口止め料です」

亜月はそう言うと、くるっと身を翻《ひるがえ》して走り去ってしまう。

「……なんなんだ」

口止めって誰《だれ》にだよ。彩陽にか？

彩陽、と呼べるようになった感動がどこかに行ってしまったような。

亜月の奴は、いったい俺にどうしてほしいんだ……？

←←←←←

きゅっと口紅を塗《ぬ》り、鏡の前でチェックする。

うん、大丈夫《だいじょうぶ》。どうもメイクは未《いま》だに苦手だけど、今日のデキはまあまあ。

「……そういえば、あんなこともあったっけ」

自分の唇《くちびる》をじっと見て、ふと思い出してしまった。

初めて男の人にキスしてしまった日のことを。あの夜道のことを。

「ほっぺにちゅーとか可愛《かわい》いなあ、我ながら。子供か！　子供だったけど」

今思い出しても、恥《は》ずかしくなる。

家までのわずかな道のりで、あたしがどんだけ真っ赤になってたか、あの人は知らなかっただろうな。

ああ、初々《ういうい》しい……。

実はあの頃《ころ》のあたしは、ろくにメイクすらしていなかった。

髪《かみ》の色は派手だったし、服装も余裕《よゆう》で校則違反《いはん》しまくっていたけど、化粧《けしょう》は苦手でほとんどすっぴんだった。

「……よくまあ、すっぴんで人前に出られたもんだよ。若さって怖い」

あたしが暮らしている1Kの部屋。

部屋の真ん中に置いたローテーブルの上には、鏡とメイク道具、それにスマホ。

あたしはスマホを手に取って操作する。

クラウドストレージにアクセスして、フォルダの深い階層へ潜《もぐ》り——

普段《ふだん》は目につかないところに隠《かく》してあるフォルダを開いた。

「あー、やっぱりメイクしてないなあ。でも肌《はだ》、つるっつるだわ。我ながら憎《にく》たらしい」

クラウドの奥には、パーカーとミニスカートという格好だったあたしの写真。

それに——あの人も。

あの頃のあたしがスマホで撮《と》った写真は、たいていあの人と一緒《いっしょ》だった。

「つーか、先輩写りすぎ……ああ、先輩か。そういえば、先輩って呼んでたっけ」

いくつか前のスマホで撮った写真。

今のスマホには、ここ一年ほどの写真しか入れておらず、古いものはクラウドに退避《たいひ》させてある。

容量が不足してるわけじゃないけど、なんとなく古い写真がいつでも見られる状態というのは落ち着かない。

手元が狂《くる》って画面をスクロールさせたら、見たくもない写真が出てきてしまいそうで。

だったら消せばいいのにと思うけど、それもできない。あたしは勇気がない。

「ホントに写真多いな！　どんだけ撮ってたの！」

思わずセルフツッコミ。

スワイプしてもスワイプしても、先輩との写真が出るわ出るわ。

「先輩がいる高校生活はたった二年だったのになあ。終わってみれば、一瞬《いっしゅん》だった——でしたよね？」

写真の中の先輩に話しかける。

いつものように仏頂面のままで答えてくれない。答えられたら怖いけど。

「おっと、もう行かないと」

つぶやいて、茶色の髪をふぁさっと後ろに払《はら》う。

メイクはばっちり。ブラウスとスーツもきっちり着てるし、窮屈《きゅうくつ》なタイトスカートとハイヒール、高すぎないブランド物のバッグで出かける覚悟《かくご》もできてる。

もう、パーカーとミニスカート、厚底スニーカー、むやみに派手なリュックで自由に歩き回っていた頃とは違《ちが》う。

そして、そのことを寂《さび》しいとも思えないほど、女子高生だった時代は遠くなった。

ねえ、先輩。あんなに馬鹿だった後輩《こうはい》も、なんとか大人になりましたよ。

ああ、楽しみだなあ。

今のあたしを見て、あの仏頂面がどうなるのか。もうすぐですよね——理玖さん。

→→→→→

6　ぼっちで寂しい後輩から、お願いがあるんですけど♡

まだ六月だというのに日射しが厳しく、気温も高くてずいぶんと蒸している。

梅雨《つゆ》入り前から雨が多いという予報が外れたのか、はたまたフェイントか。

校舎の廊下《ろうか》を歩きつつ、窓の外を見ると、嫌《いや》になるほど太陽が明るく輝《かがや》いてる。

今日は夕方から天気が崩《くず》れる予報だが、この好天を見る限り外れそうだ。

しかし、こう暑いと勉強にも影響《えいきょう》が出かねない。

我が風堂《ふどう》家では、父親が決めた〝夏休みになるまでクーラーをつけるべからず〟というルールがある。

熱中症《ねっちゅうしょう》で死んだらどうするんだこのクソ親父と思わなくもないが、電気代の節約は俺の望むところでもあった。

父から預かってる生活費には限りがあるが、余れば俺が好きに使っていいことになっている。

電気代を節約すれば、他のことに使える。

参考書代くらいにはなるだろうし、チリもつもれば将来の学資にもなるかもしれない。

などとケチくさいことを考えつつ、購買《こうばい》でパンを買う。

貴秀院《きしゅういん》には立派な学食もあるが、生徒に金持ちが多いせいかお値段が高いのだ。

購買のパンやおにぎりは普通《ふつう》の値段なので、もっぱら俺はこちらで昼食を調達してる。

弁当？　料理は苦手だし、そんなもん作る手間を考えると経済的じゃない。

「よし、今日はラッキーだったな」

人気のコロッケ焼きそばパンを無事にゲット。

売り切れが早いので、なかなかお目にかかれないパンだ。

「ん？」

教室に戻《もど》ろうとして、ふと足を止めた。

購買のすぐそばに、飲み物の自販機《じはんき》がある。

その自販機の前に、よく知っている派手な髪とパーカーの女子が立っている。

「あいつ――」

パーカー女子は、ミニペットボトルのコーラを買うと、俺には気づかずにすたすたと去ってしまった。

「…………」

亜月《あづき》の家庭教師は、週三日と決まった。

俺にも自分の勉強があるし、さすがに毎日とはいかない。

亜月の残念な頭を鍛《きた》え直すには、週三日では足りないが、そこは工夫次第だろう。

既《すで》に、家庭教師は数回行っている。

毎回、彩陽《あやひ》も付き添《そ》っていて俺にとってはまさに天国のような時間だ。

亜月もいつもと変わらない。パンツを見せてきたりはしていないが、これまでどおりにウザい。

口止め料をもらった以上は、家庭教師初日の帰り道での話を蒸し返すつもりはない。

いや、口止め料をもらわなくても誰にも言うわけないが。

亜月の発言の真意は、さっぱりわからない。

案外、深い意味はないのかもしれないが――どうにもモヤモヤする。

「フドー、なにをしてるの？　飲み物を買うんじゃないの？」

「……そういや、俺って亜月のクラスも知らないなと思ってな」

通りかかったセイラが、不審《ふしん》者を見る目を向けてきた。

馬鹿《ばか》のように、亜月が去った廊下を見ていたので、怪《あや》しまれたんだろう。

「天詞《あまつかい》妹《もうと》なら、一年F組よ。あのパーカー問題児のクラスなんて、ウチの生徒なら誰でも知ってるのに、一番仲が良いフドーが知らないというのも変な話ね」

「一番ってわけじゃねぇだろ。まあいいや、サンキュー」

セイラに手を振《ふ》って、歩き出す。

しかし、狙《ねら》ってたみたいなタイミングで現れたな、セイラの奴《やつ》。

まあ、せっかく亜月のクラスを教わったんだからちょっと様子を見てみるか……。

そういえば、亜月の交友関係もよく知らねぇんだよな。

とりあえず、階段を上がっていく。

貴秀院の本校舎は、三階が三年生、四階が二年生、五階が一年生のフロアになっている。

久しぶりに五階に上がり、Ｆ組へと向かう。

「ここか……」

ヨソの教室を覗《のぞ》くのは落ち着かないが、ここは図太くいこう。

「…………？」

Ｆ組の教室には、弁当やパンを食べている生徒たちが大勢いる。

入学して三ヶ月も経《た》っていないからか、たった一つ年下なだけなのに、妙《みょう》に初々《ういうい》しく見える。

初々しさのかけらもないあの後輩《こうはい》は特殊《とくしゅ》なんだな……。

えーと、その初々しさのない後輩は……？

「んん……？」

目立つ髪とパーカーはすぐに見つかった。

教室の一番後ろの席にいて、机の上にはさっき買っていたコーラのペットボトル。

トカチポテトのバーベキュー味をつまみながら、机に置いたスマホを眺《なが》めてる。

「あいつ………」

どう見ても、ぼっちだった。

亜月の机のすぐそばでは、四人の女子生徒が机を合わせて楽しそうに弁当を食べているが、彼女たちと話しているようにも見えない。

亜月は、完全に一人でスマホをいじり、お菓子《かし》を食べ、コーラを飲んでいる……。

「亜月！」

「うえっ⁉」

亜月は変な声を上げて、席の前に現れた俺を見て大きな目を見開いた。

スマホの画面では、よーつべの動画が流れている。

ワイヤレスイヤホンで音を聴《き》いていたようだ。

「え、え？　理玖《りく》先輩《せんぱい》？　ここ、一年の教室ですよ？」

「声がでかい。イヤホンつけたまましゃべるな。いや、ちょっと来い」

くる。

亜月は戸惑《とまど》いつつもスマホをポケットにしまい、コーラとトカチポテトを持ってついて行く。

教室は、見知らぬ上級生の登場にざわめいているが、気にせずに出て行く。

そのまま、いつもの裏庭まで移動する。

昼休みでも誰《だれ》もいない。本当に人気《ひとけ》ないな、ここ。

「せ、先輩、先輩、なんなんですか？」

「七百万のハイスペックＰＣ購入《こうにゅう》動画？　亜月、おまえＰＣ好きなのか？」

俺はさっき見た亜月のスマホ画面を思い出して、訊《き》いてみた。

「一ミリも興味ない動画を観て時間をドブに捨てる感覚って、素敵じゃないですか？」

「家庭教師をやってる俺に、よく言えるもんだな。そんな余裕《よゆう》があるなら勉強しろ」

じろりと亜月を睨《にら》みつつ、ベンチに座る。亜月も、同じく腰《こし》を下ろした。

「ほら、これ食え」

「あ、コロッケ焼きそばパン。名門高校でも、漫画《まんが》みたいなパン争奪《そうだつ》戦が起こるんですよね。あたし、これ見たの初めてです。食べていいんですか？」

「半分だけな。つーか、どんな食生活だ、おまえは。お菓子とコーラだけとか、ふざけてんのか。ああくそっ、コロッケ焼きそばパン、半分にしにくいな」

　ラップで包まれたコロッケ焼きそばパンを、強引に半分に割ってしまう。

「これでいいか。よし、食っていいぞ」

「はぁ……んじゃ、いただきます」

　亜月は、素直にもぐもぐとコロッケ焼きそばパンを食べ始める。

「うわっ、美味《うま》い！　先輩の手のぬくもりであたためられたパンがふわふわで、コロッケも衣はサクサクで中はほのかな甘みが嬉《うれ》しいポテトがぎっしり、焼きそばはソースが濃厚《のうこう》でもちもちした麺《めん》の味わいもたまらない！」

「うぜぇ、普通に食え。俺も人のことは言えないが、もっとまともなものを食えよ」

「……先輩、そんなこと言うために一年の教室に殴《なぐ》り込んできたんですか？」

「殴り込んでねぇだろ。ちょっと、おまえの様子を見に行っただけだ」

「可愛《かわい》い亜月ちゃんを愛《め》でに……？」

「おまえがつまらなそうな顔で飲み物買ってるから、少し気になっただけだ」

「いくらあたしでも、ハッピー！　やっほう！　コーラ５００ミリリットル、テンション上がるぅぅ！　なんて騒《さわ》ぎませんよ。飲み物くらい普通に買います」

「………」

そりゃそうだろうが、飲み物を買ってるときの亜月の顔がどうにも気になってしまった。

この前の夜道での話もあったしな……。

「で、亜月は友達いないのか？」

「デリケートなトコに斬《き》り込んできた！」

「なにかやらかしてハブられてるのか？　俺が一緒《いっしょ》に謝ってやろうか？」

「あたしが悪い前提だ！　なにもしてませんよ！　びっくりするくらい、教室では良い子なんです！」

「そうだな、悪い子ほど友達が多かったりするな。だが、俺だって友達くらいいるぞ」

「友達がいることを自慢《じまん》されても……」

「亜月、おまえ——本当に貴秀院には来たくなかったのか？」

来たくもない学校にいるから、友達をつくる気にもなれない……のか？

「……まあ、真面目で勉強が最優先って生徒ばかりの貴秀院に馴染《なじ》めないのは事実ですね」

亜月は、パーカーのフードを摑《つか》んでひらひらと振ってみせる。

「入学初日からこんな格好で現れて、授業でもずっと寝《ね》てる子には、みんなあんまし関わりたくないみたいですね」

「寝てんのかよ。でも、矛盾《むじゅん》してるだろ」

「矛盾って？」

亜月は、コロッケ焼きそばパンの最後の一口をもぐもぐと食べる。

「亜月の学力じゃ、貴秀院に合格するのはキツかっただろ。なんで来たくもない高校に入るために必死に勉強したんだ？」

「しかも、嫌《きら》いなお姉ちゃんがいるのに、ですか」

「………」

そこまでは追及《ついきゅう》するのを控《ひか》えたのに。

「もー、口止めっていうのは、あたしにも蒸し返すなってことですよ。ちゅーしただけ損じゃないですか」

「そりゃ悪かったな」

俺もコロッケ焼きそばパンを食べきる。

「まあ、言いたくないなら言わなくてもいい。あ、そのコーラもらっていいか？」

「間接キスを恐《おそ》れない勇気、嫌いじゃないです」

どうでもいいことをほざきつつ、亜月がコーラのペットボトルを差し出してくる。

いつも飲み物は水道水で済ませているので、コーラが喉《のど》に染みる。

「ああっ、ほとんど飲んじゃった！　あたしとの間接キス、堪能《たんのう》しすぎですよ！」

「……しまった。つい、美味くて。まあ、パンをやったんだから等価交換《こうかん》ってことで」

「まだトカチポテトもあるのに、貴重な水分がー。もー、困った先輩ですね。たいした話でもないことを気にするところも」

「たいしたことじゃないなら、話せ。彩陽の話でもあるなら、俺にも他人事《ひとごと》じゃない」

「先輩はすべての考えがお姉ちゃん中心ですね。いいですけど。別に、たいした話ではないんですよ、本当に。美人で性格よくて、なにをやらせても優秀《ゆうしゅう》な姉を自慢に思うか――それとも、妬《ねた》ましくなるかって話です」

「なるほどな……」

聞いてみれば、実に単純な話だ。

彩陽が才色兼備《さいしょくけんび》で、性格まで天使のように清らかということは、まだ付き合いの浅い俺でもよくわかってる。

生まれたときから彩陽との付き合いが続いている亜月は、もっとよく知っているだろう。

よく知っているからこそ――嫉妬《しっと》の感情も根深いものとなるわけか。

「そういうわけで、貴秀院なんかハナから論外だったんです。そもそも、ＪＣ亜月ちゃんの成績じゃまず無理でしたしね。天詞家からの寄付金に興味津々《きょうみしんしん》な、適当な私立とか行こうかなーと思ってたんですよ、中三の秋まで」

「……寄付金をはずむくらいは、不正ではないな」

天詞家、悪いことしない。

「中三の秋に、なにがあったんだ？　よりによって貴秀院に入ろうなんて思うくらいだから、よっぽどのことじゃないのか？」

「畳《たた》みかけてきますね。ちょっとした心境の変化ってヤツです。お姉ちゃんのことは妬《ねた》ましいけど――気にならないわけじゃないんです。むしろ、めっちゃ気になります。世界で一番気になるって言っても過言じゃないです。だから、別の学校に行くのは、それはそれで嫌《いや》なんです」

「め、めんどうくせぇ……」

ツンデレか、こいつは。

「ま、それはきっかけであって、決定打ではないんですけどね……」

「どういうことだ？」

「ふーい、トカチポテトも美味かった。今日はお腹《なか》いっぱいですよ」

亜月はトカチポテトの袋《ふくろ》を丸めると、近くのゴミ箱に投げ捨てた。

こんなに人のいない裏庭にあるゴミ箱、中身を回収されるんだろうか？

「ねー、先輩。ぼっちで寂《さび》しい後輩《こうはい》から、お願いがあるんですけど♡」

「……質問スルーでお願いかよ」

もの凄《すご》く嫌な予感がするが、この話の流れだと断るのも——

俺はただ彩陽に告りたいだけなのに、余計なものに関わりすぎてないだろうか。

「いやあ、楽しみだなあ。どんなめくるめく展開が待ってるんでしょう？」

「…………」

その〝余計なもの〟——いや、自称寂しい後輩が浮《う》かれた足取りで歩いてる。

放課後になり——俺は、亜月とともに帰路についていた。

今日は家庭教師がお休みの日だ。

本来なら、放課後には亜月と顔を合わせなくてもいい日なのだが。

「本当に家までついてくる気か？」

「あたし、普段《ふだん》一緒《いっしょ》に帰る友達もいませんし。ましてや、放課後に友達の家に寄るなんてリア充《じゅう》イベントも未経験なんですよ。なんて哀《あわ》れな……」

「…………」

くそっ、昼休みに亜月の様子を見に行ったのが間違《まちが》いだったか。

でもなあ……今日のぼっち飯を見てしまうと、亜月も放っておけない。

お願いと言われると、断るのも気が引けてOKしてしまった。

口では健気なフリをしているが、亜月は明らかにワクワクが抑《おさ》えきれてない。

道も知らないくせに俺の前を歩き、ド派手なプリズムカラーのリュックが揺《ゆ》れてる。

どこで売ってるんだよ、あんな七色のリュック。

「あ、この階段の上にいい感じの公園があるんですよ。ちょっと上《のぼ》ってみます？」

「いきなりブレんなよ。こんなクソ長そうな階段、上りたくねぇ」

数えるのも面倒《めんどう》なほどの段数がありそうだ。

毎日行き帰りに見てる階段なのだが、一度たりとも上りたいと思ったことはない。

「亜月はその公園に行ったらどうだ？　映《ば》える景色とか撮《と》れるんじゃないか」

「さらっと一人で帰ろうとしてますね。あたし、帰ったら今日は家にも誰もいないんですよ。寂しいんですよ。部屋の隅《すみ》で膝《ひざ》を抱《かか》えて座るんですよ」

「椅子《いす》に座れよ」

こいつ、俺がぼっち飯を気にしてるのをわかった上で、最大限に利用してきやがる。

「……ん？　今日は、彩陽はいないのか？」

「姉はちょこっと本邸《ほんてい》に行ってるんですよ」

「本邸……？　亜月たちのご両親が住んでるっていうタワマンか？」

「そことは別で、鎌倉《かまくら》に代々天詞家の当主が住んできたお屋敷《やしき》があるんですよ。あたしたちの家を百倍立派にしたようなお屋敷が。たまにそこに親戚《しんせき》どもが結集するんです」

「鎌倉か……」

　彩陽たちの家からだと、電車で一時間程度だろう。

「天詞本家は、娘《むすめ》二人だけですからね。当然、姉が跡取《あとと》りなわけで、次期当主としてはいろいろめんどくせー仕事があるんですよ」

「彩陽は、まだ学生の身で仕事があるのか……」

「ええ、レールを敷《し》かれた人生で気の毒なことですよ」

「亜月も天詞の娘なんだから、レールくらい敷かれてるんじゃないのか？」

「あたしはしょせん、次女ですからね。レールを敷くほどの価値もないですよ」

「……まあ、自由にできるならいいんじゃないか、亜月には」

「ですよねー。あたしは高望みはしませんよ。１Ｋの狭《せま》いけれども楽しい我が家があれば、文句は言いません」

「ワンルームじゃなくて、１Ｋっていうのが微妙《びみょう》にリアルだな」

　キッチンは別でほしいのかよ。

「亜月ちゃんが見る夢は慎《つつ》ましいんです。先輩《せんぱい》、ルームシェアします？」

「二人で暮らすならせめて1LDKだな」

「ちぇ、先輩は贅沢《ぜいたく》ですね。じゃあ、あたしは将来も寂しくぼっちか……」

「隙《すき》あらばぼっちに繋《つな》げんな。まあおまえは、家なんか飛び出して自由に暮らしてるのが似合うんじゃないか」

「そうなると、資金が必要ですね。先輩にパパになってもらって……」

「パパ活しようとすんな。亜月の見た目だとシャレになんねぇ」

いかにも怪《あや》しげな闇《やみ》の活動に手を染めてそうだから。

「そんな話はいいんだよ。彩陽に仕事があって大変なのはわかったし、亜月の未来も描《えが》かれたし、もう特に気になることはないな。帰っていいぞ」

「そんな話をするために、先輩の家に向かってるんじゃないですよ！　つーか、もう気になることもないって酷《ひど》い。あたしのバストサイズとか知りたくありません？」

「……別に」

「ちなみにあたし、成長速くてお姉ちゃんに追いついちゃったんです。あたしとお姉ちゃんのバストサイズって、一センチの狂《くる》いもなく一緒《いっしょ》なんですよ」

「なんだと……」

つまり、亜月のサイズを知ることは彩陽のサイズを知るのと同義——ごくり。

「確実に、あたし以外の誰《だれ》かのおっぱいを想像してますねえ。これはいけない。家庭教師先の保護者とえっちとか、それなんてエロ動画？」

「そこまで言ってないだろ⁉」

俺はただ、彩陽のバストサイズを知りたいだけなのに。ささやかな願いなのに。

でもまあ、亜月とはこういうアホみたいな会話のほうがいい。

彩陽についても、特に鬱屈《うっくつ》があるようには見えないしな……。

「さてさて、どうします？　サイズ教えちゃいましょうか——って、あれ？」

「ん？　どうかしたのか……って、うおっ⁉」

ぽつっ、となにかが俺の顔に当たったかと思うと。

ざざーっとあっという間に滝《たき》のような雨が降り出してきた。

「やーん、髪《かみ》がぐしゃぐしゃになるー！」

くそっ、昼間はあんなにいい天気だったのに。

天気予報、侮《あなど》れないな！

ざぁーっ、と水音が響《ひび》いている。

雨音ではない。いや、雨音も聞こえてくるが、別の音もまざっている。

「ふんふん、ふんふーん、ふんふんふーん♪」

無駄《むだ》に上手い歌まで聞こえてくる。

「せんぱーい、いいお湯ですよ。一緒に入りませんかー?」

「そうしたいが、ウチの風呂《ふろ》は狭いんでな!」

アホなお誘《さそ》いに怒鳴《どな》り返す。

そう、聞こえてきているのはシャワーの音。

正確に言うと、我が家の風呂場で亜月が浴びているシャワーの音だ。

家に着くまでの数分で、俺も亜月も濡《ぬ》れ鼠《ねずみ》になったので、シャワーを貸したわけだ。

俺はタオルで拭《ふ》いて着替《きが》えただけだが。

「えー、残念っ★　じゃあ、想像だけで楽しんでください。髪を洗い終わって全身にシャワー浴びてるところですよ。おっぱいからお腹、太もも へ……いやーん、えっちえっち!」

「えっち、じゃねぇよ!　実況中継《じっきょうちゅうけい》すんな!」

狭い我が家なので、風呂場の声もよく聞こえてしまう。

距離《きょり》もほんの数メートル。それほど近いところに、全裸《ぜんら》の後輩がいる。

性格はともかく、見た目の可愛《かわい》さやスタイルには文句のつけようがない後輩が。

「はー、まさか先輩の家に初めて連れ込まれて、その日のうちに〝先にシャワー浴びてこいよ〟展開になるとは」

「なんの先になんだよ⁉」

このあと、なにも起きる予定はないぞ！

「どうせなら、部屋からお風呂が透《す》けて見えればよかったんですけどね」

「ラブホじゃねぇんだよ！」

親父と男子高校生の二人暮らしの家で風呂場のガラスが透けてるとか、嫌すぎる。

「え〜、先輩ってばやらしぃ。ラブホ行ったことあるんですか〜？」

「…………」

あるわけないが、ノーコメント。

不適切なツッコミだったな……。

「先輩が覗《のぞ》きに来る気配もないから、しゃーない。出ますか」

「なにを期待してんだよ……」

ずいぶん長いシャワーだと思ったら、俺が覗くのを待ってたのかよ。

ウチの狭苦《せまくる》しい脱衣《だつい》所でゴソゴソしている音がする。

亜月の制服は水が絞《しぼ》れるくらい濡れてしまったので、俺のジャージとTシャツを貸してやった。

「お待たせしました、先輩」

「ああ、サイズは合わなかったよな。折って着ていいから――って、おおい⁉」

「じゃっじゃーん、湯上がり亜月ちゃんですよ♡」

居間に現れた亜月は、ジャージを着ていた。

というか、ジャージしか着ていない。

もっと言えば、ジャージの上しか着ていない。

しつこく言うと、ジャージの上もファスナーを胸の下まで開け放っている。

こやつがことあるごとに自慢《じまん》する二つのふくらみが半分ほどあらわになっていて、しかもぽろんとこぼれ出そうだ。

俺のジャージは亜月には大きめだが、下をはいていないので太ももがかなりきわどいところまで見えてしまっている。

「Tシャツも用意してあっただろ、着てこいよ！　下もはけ！」

「普通《ふつう》にジャージ着たら可愛くないですよ。Tシャツもズボンも捨てました」

「捨てた⁉」

人の服になにしてくれてんだ、こいつ！

「捨てたのは冗談《じょうだん》ですが、ダサくなるくらいならエロいほうがいいんです！」

「なんだ、そのこだわり！　つーか、俺を挑発《ちょうはつ》してるだけだろ！」

「あ、バレました♡」

ぺろり、とムカつく感じに舌を出す亜月。

可愛いのにイラッとする。それがウザ後輩《こうはい》。

「まあまあ、いいじゃないですか。ドライヤーお借りしますね」

亜月は座卓《ざたく》の前に座ると、マイ手鏡を置いてドライヤーで髪を乾《かわ》かし始めた。

くっ、わざと俺の隣《となり》に座りやがって……ちょっと横を向いたらぽろりしそうなおっぱいが目に入ってしまう。

やっぱり連れてくるんじゃなかった……。

7　先輩ったらあたしの愛がわからないんですねぇ

「つ、つーか、もう帰ったらどうだ。こんな庶民《しょみん》のアパートなんて見たって面白くねぇだろ。迎《むか》えくらい呼べるんじゃないか？」

　気を取り直して、後輩の説得開始。

　できれば、こんな格好の女子には早めにお引き取りいただきたい。

「いえいえ、忘れないでくださいよ、〝天国作戦〟を」

「作戦？　彩陽《あやひ》もいないんだから、今日の自宅訪問は関係ねぇだろ？」

「これはこれで、レベル上げなんですよ。もしも万が一、姉と付き合うことになったら、当然姉がこの家に来ることもあるでしょう」

「レベル上げをさせといて、俺と彩陽が付き合う確率を低く見積もってるのが気になるが、当然あるだろうな」

「いきなり姉が来て、先輩はスマートに対処できますか？」

「できるわけない！」

「威張《いば》らないでください！　だから、まずは亜月《あづき》ちゃんで試すんですよ！」

「……おまえと彩陽はキャラが違《ちが》いすぎて参考にならんだろ」

「細かいことはいいんです。女子が家に来るという状況《じょうきょう》から始めて、経験を積んでいきましょう」

「経験と言われてもな……おまえ、寂《さび》しいから来たんじゃなかったか？」

「あたしは嘘《うそ》つきですからw」

こいつ、騙《だま》しておいて反省の色なしかよ。

「さ、自宅訪問ミッション、始めましょう。まずは先輩のお部屋拝見ですよ」

「俺の部屋？　そんなもん見たってなにも面白くないぞ？」

「お姉ちゃんの隠《かく》し撮《ど》り写真が、壁《かべ》一面にびっしり貼《は》ってあるんでしょ？」

「ベタなストーカーか！」

「じゃあ……天井《てんじょう》ですか？」

「場所の問題じゃねぇ！　そもそも隠し撮りなんかしてねぇよ！」

「えー、つまんないなあ。ま、髪はとりあえずこんなもんでいいか」

亜月はドライヤーのスイッチを切った。

いつも結んでいることが多い髪が、そのままになっているのが新鮮《しんせん》――いや、気にしないことにしよう。湯上がり美少女だろうが、こいつは亜月だ。

「あ、先輩《せんぱい》の部屋、あそこですか？」

「さっそくかよ。どうあっても入るつもりか」

「えっ、あたし……男の子の部屋に入るの、初めて……？」

「それ、モノローグで済ませるヤツ！」

「あはははははっ！　先輩ももちろん、女の子を部屋に入れるの初めてですよね？」

「まだおまえを部屋に入れるとは言ってねぇぞ」

「嫌《いや》がられると余計にやりたくなるのがあたしです！　じゃ、失礼しまーす！」

「あっ、おい！」

亜月は、あっさりと俺の部屋のドアを開けて中に入ってしまう。

「…………」

「……なんだ？　おい、無言になるなよ」

俺も亜月を追って、部屋の中に入る。

「これが先輩の部屋……うーん、なんていうか……虚無《きょむ》？」

「虚無!?」

「机と本棚《ほんだな》とタンスしかないじゃないですか……もしかして座《ざ》敷牢《しきろう》なんですか？」

「自宅に座敷牢を完備してる家はねぇよ」

「ウチの本邸《ほんてい》は昔ガチであったらしいですよ」

「今もあったら、亜月がぶち込まれかねないな」

「亜月にぶち込みたいだなんてそんな……そういえば、お布団もないですね？」

「なぜ、そこで布団を連想する！　布団は押し入れの中だよ！」

「押し入れであたしを飼いたいって、さすがに猟奇《りようき》的じゃありません？」

「押し入れからさらに妄想《もうそう》を広げるな！　おまえが怖《こわ》いわ！」

この後輩《こうはい》、勉強はできないくせに俺の頭を痛くすることに関しては卓越《たくえつ》してる……。

「居間とか廊下《ろうか》は物だらけだったのに、この部屋はがらんとしてますね。教科書とノートと参考書と辞書しかない」

「余計なものがあったら気が散るだろ。ここは勉強するための部屋だ」

「亜月ルームは勉強するための部屋じゃないですけど」

「今度、亜月の部屋をチェックしとくか……」

「いやん、いやらしい♡」

いやらしいのは、今のおまえの格好だ。

「でも、これはあかん……あかんヤツですよ。女子の期待に応える部屋になってません。なんか、数式がびっしり書かれた呪《のろ》いのノートとかあるし」

「高校生の部屋に数式が書かれたノートがあって、なんで文句を言われるんだよ」

俺の部屋、コンセプトは女子の期待に応えることじゃないんだが。

「よし、壁紙《かべがみ》にカーペット、カーテン、照明までごっそりリフォームしましょう。女子受けするシャレオツなヤツに。家具の買い換《か》えは言うまでもないですね」

「総取《と》っ替《か》えじゃねぇか！　そんな金、あるか！」

「あたしもお嬢様《じょうさま》ですから。天詞《あまつか》マネーで、高級なヤツを買いますよ。ある日帰宅したら、なんということでしょうあの虚無な部屋が女子がうっとりする部屋に」

「ただのドッキリじゃねぇか！」

せめて俺をうっとりさせろ。

「それもレベル上げの一環《いっかん》ですよ。お姉ちゃんを部屋に入れるときが来て、特にツッコミようのない部屋だったら、ガッカリされちゃいますよ。好感度ダダ下がりですよ」

「…………ちょっと考えよう」

俺、完全に天国作戦に乗っかってねぇか？

「……って、今度はなにをしてるんだ？」

亜月は、机の上をひっくり返し、遠慮《えんりょ》なく引き出しを引っ張り出している。

「うーん、出てこないですね」

「我が物顔だな……なにを探してるんだ？」

「いやほら、こういうのはお約束じゃないですか？」

今度は、椅子《いす》をどけて机の下を覗き込み始めている。

「どっかにエッチな本とかないのかなと。先輩、お姉ちゃんのおっぱい揉《も》みたいんですから、女の子に興味ないわけじゃないでしょ？」

「俺も健全な男子高校生なんでな……」

うっかり亜月の前で「揉みたい」なんて口走ったのが悔《く》やまれる。

「つーかおまえ、まさか俺の机を漁《あさ》るのが目的だったのか⁉」

「理玖《りく》先輩は堅実《けんじつ》派だから、データじゃなくてエロ本《実物》を買ってると睨《にら》んだわけですよ。きらーん！」

「きらーん、じゃねぇよ！」

堅実派だからエロ本、という結論もいまいち謎《なぞ》だ。

ちなみに、マジでエロ本は持っていない。そんなもん買う習慣がない。

「うーん、ないなあ。先輩のことだから、引き出しに二重底をつくって仕込んでるとか、タンスの裏に隠し部屋があるとか……？」

「スパイじゃねぇんだよ」

「まあ、先輩にはあたしが歩くエロ本みたいなもんですかね？」

前屈《まえかが》みになって胸を強調してくる亜月。

ジャージの前がさらに開いて、見えてはいけないものが見えそうに。

「ちょっと先輩、貴重なあたしのエロポーズなんだからもっとガン見してくださいよ！」

「ガン見したら、姉にいらんことを言いそうだな……」

最初から特に興味はないが、彩陽に余計な誤解をされるのはゴメンだ。

「ま、いいや。理玖先輩のお部屋なう……と」

「ちょっと待て！　なにしてるんだ、おまえ！」

亜月はエロポーズとやらのまま、スマホで自撮りしている。

「あー、〝なう〟は今時ありえませんかね」

「そうじゃない！　その自撮りをどうする気だ⁉」

俺の部屋には撮られて困るものはないが、亜月がおかしなポーズで写り込んでいると、話が変わってくる。

スマホを持った亜月の手を引き寄せてみれば――

「あ、危ねぇ……やっぱり、ＬＩＮＥで彩陽に送ろうとしてたな……！」

「ちぇっ、鋭《するど》くなってきましたね、先輩」

「おまえのおかげでな」

特に疑り深い性格でもなかったのに、亜月のイタズラのせいで警戒心《けいかいしん》が強めに。

「とりあえず、ぱしゃりと」

「うん？」

「〝先輩ってばそんなにがっついちゃダメー♡〟と」

亜月は右手で持っていたスマホを左手に持ち替え、また自撮りしている。

これって——

「先輩のお部屋に行ったら、抱《だ》き寄せられちゃった♡　彼の力強さにドッキドキぃ♡」

「捏造《ねつぞう》すんな、捏造を！」

確かに、俺は亜月の手首を掴《つか》んでそばに引き寄せて、身体《からだ》がほとんどくっついている。

こんな写真を彩陽に見られたら、間違《まち》いなく誤解される。

「邪悪《じゃあく》な企《たくら》みを事前に阻止《そし》できてよかった……」

「ははは、大げさな。可愛《かわい》いイタズラじゃないですかｗ」

「全然可愛くねぇ……」

少しだけ彩陽に近づけたというのに、ラブコメみたいな誤解で玉砕《ぎょくさい》したら笑えねぇ。

「つーか、もうそろそろ帰れよ。家探《やさが》しも飽《あ》きただろ」

「まだエロ本もエロＤＶＤも見つけてないのに!?　この部屋にあるのは、エロ後輩《こうはい》くらいですよ！」

「エロ後輩を自称《じしょう》すんな。俺の部屋の置物でもねぇよ」

「こんなにもおっぱい大きいのに？　91センチですよ？　姉ともども、夢の90センチ台に突入《とつにゅう》済みなんですよ？」

「おまえ、とうとう具体的なサイズを言いやがったな」

つまり、彩陽もそのあたりのサイズということになる……。

夏服や体操着越《ご》しで、だいたいの大きさはわかっていたが、まさかそこまでとは。

「……いいから帰れって。まったく……どうせなら姉のほうに来てもらいたかった」

「むぅっ……そこでお姉ちゃんを出してきますか」

今度はギロリと睨まれる。

「来たのがあたしでよかったと思うように……ミッションをプランＢに変更《へんこう》します」

「ミッションだのプランだの、いろいろ出てきすぎだろ……って、なにしてんだ!?」

「経験……積みたいですよね、先輩？　本番でオロオロしないように、まずはあたしで練習しておいてください♡」

亜月は、いきなりジャージのファスナーを勢いよく下ろした。

危なく胸がこぼれ出しそうになり、俺が目を逸《そ》らす前に一瞬《いっしゅん》だけピンクのパンツが目に入ってしまった。

よかった、パンツだけははいてたか……って、全然よくねぇけど。

相手が亜月だからまったく意識しなかったが、今はまさに女の子を家に連れ込んでいる。

だが、まさか……そんな展開になるはずが……。


「ふーっ、いい汗《あせ》かきました！　どうです、先輩。気持ちよくなったでしょう？」

「ま、まあな……」

「あたし、けっこうテクあるんですから。先輩はちょっと荒《あら》っぽかったですよ」

「悪い……でもまさか、亜月がここまで上手いとは思わなかったな……あんなに狭《せま》いところの奥まで入るなんて……」

「ふふふ、奥までずっぽりでしたね。最後はぜーんぶ綺麗《きれい》に吸ってあげましたしね♡」

——と、亜月は掃除機《そうじき》のスティックを振《ふ》っている。

遂《つい》に、我が家のカオスを打ち払《はら》う勢力が現れたというわけだ。

散らかりまくりだった居間が、奇跡《きせき》のように片付いている。

ありがちな表現をすると、我が家の居間の畳《たたみ》がこんな色をしているとは知らなかった。

「お部屋はオシャレの前に、まずは清潔なのが大事です。姉に不潔な部屋を見せたらドン引きですよ。あたしのやり方をマネして、練習しておいてくださいね」

「それはさすがに亜月の言うとおりだな」

もしも彩陽が我が家に降臨した場合、汚《きたな》い部屋を見せるのは普《ふ》通《つう》に恥《は》ずかしい。

「亜月の掃除《そうじ》の手際、たいしたもんだったな」

「お掃除のコツは簡単です。労力をいとわずに、きちんと動かせる家具は動かして、隅々《すみずみ》まで綺麗にすることですよ」

「普段《ふだん》は、そこのちゃぶ台すらまったく動かさねぇなあ」

「無精《ぶしょう》すぎますね……この掃除機も全然使った形跡《けいせき》なかったし。人の部屋を汚部屋《おべや》扱《あつか》いしといて、なんなんですかもう」

「うっ……いちいち亜月に反論できないのが辛《つら》い……」

「ふふん、家事に関してはあたしのほうがはるかに上ですね」

きらりん、と効果音が鳴りそうなウザいポーズをキメる亜月。

掃除中はさすがにほこりで汚《よご》れるからと、Tシャツもジャージの下も着てくれた。

「でも、まあ……助かった。片付けよう片付けようとはずっと思ってたんだが、親父もなにも言わないし、つい勉強を優先してしまって。ありがとうな、亜月」

「うげおっ」

「うげお？」

「い、いえ……なんなの、この人。人殺しみたいな顔してるくせに、たまに素直になるのが反則じゃん。真面目にお礼を言われただけでふらっとよろめくあたしもチョロすぎぃ」

「なにをぶつぶつ言ってるんだ」

はっきり聞こえなかったが、俺を褒《ほ》めつつディスっているのはわかった。

「いいえっ、でも見たでしょ。姉が来たって、こんなことできませんよ！」

「そりゃお嬢様の彩陽にはできないだろ。でも、亜月ん家《ち》、使用人がいるとか言ってなかったか？　家事をする必要なんてないだろ？」

「ふっ、それはそれ、これはこれですよ。これでも女子ですから、女子力を磨《みが》かないと。だいたい、ウチの使用人は怖《こわ》い奴《やつ》で。あんまり頼《たよ》りたくないんですよね」

「俺、その怖い使用人さんに挨拶《あいさつ》もせずに家に出入りしてるんだが」

いつかシメられちゃうんじゃねぇの？

「まあ、挨拶はどうでもいいですけどね。さて、次いきましょう、次」

「俺の部屋は掃除は必要ないぞ。親父の部屋は勝手に入れないし」

「そうじゃありませんよ。もう夕方です。ふふふ、ここからが亜月ちゃんの真骨頂。楽しみにしててくださいね、先輩《せんぱい》」

「な、なんなんだ……」


「ハーイ、できましたよ、せんぱーい！」

「……おお」

聞こえてきた無駄《むだ》にでかい声に、教科書から目を上げる。

そういや、亜月がいるんだった……勉強に没頭《ぼっとう》してすっかり忘れてた。

自室を出て、居間へと向かう。

「悪い、悪い。亜月、すっかり任せちまってたな」

「いえいえー、口うるさい先輩のことだから見張りに来るかと思ってたんで、信頼《しんらい》してくれて嬉《うれ》しいですよ♡」

エプロン姿の亜月が、ご機嫌《きげん》でちゃぶ台に料理を並べている。

亜月の真骨頂とやらは、料理のことだった。

後輩はわざわざ、雨の中を買い出しに行くほどの気合いだった。

なにをつくるのか内緒《ないしょ》にしたいとの仰《おお》せで、俺はお留守番。

料理中も部屋で勉強しているように言われてしまった。

エプロンまで買ってきて料理をすると言われては、邪魔《じゃま》もしづらかったから仕方ない。

「さて、可愛い後輩が振る舞《ま》うディナーがこちら！　ハンバーグオムライスですよ！　みんな大好きハンバーグとオムライスの欲張《よくば》りセットです！」

「うおっ……！」

デミグラスソースがかかった、こってりと濃《こ》そうな小さめハンバーグに、つるりと綺麗に焼き上げられた金色の卵が美しいオムライス。

ふかしたじゃがいもが添《そ》えられ、横には油揚《あぶらあ》げと大根の味噌汁《みそしる》もある。

スープでなく、あえて味噌汁というのが家庭料理っぽくていい。

「さーあ、どうですか先輩？　なんか言うことあるんじゃないですか～？」

「そのウザいトコさえなければ、完璧《かんぺき》だったのにな……」

「はっはっはー、そんなあなたに朗報！　もう一つ仕上げが残ってますよ！」

「料理になんかかけて爆発《ばくはつ》させるんじゃないだろうな？」

「リアクション命のグルメ漫画《まんが》じゃないんですから。もぉーっと素敵な仕掛《しか》けですよ」

「仕掛けって言ってるし……さっさと食いたいから芸をやるなら早めにな」

「そんなにがっつかれるのは嬉しいですが、慌《あわ》てない、慌てない。では……どうぞ！」

そう言うと、亜月はくるりと回転して背中を向けた。

背中を――背中っ⁉

「なんだ、それ⁉」

「世界中の男の子たちが夢見る裸《はだか》エプロンですよ♡」

亜月は顔だけこちらを向いて、ばちこーんとウィンクする。

このアホな後輩の背中は――なにもなかった。

ただ、つるりとした白い背中が見えるだけだった。

「正確には〝下着エプロン〟でしょうか？　さすがにパンツははかないと、あたしでもちょっぴり恥ずかしいっすね。ブレーキかけました！」

「もっと早めにブレーキかけろ！」

ピンクのパンツに包まれた、ぷりんとした尻《しり》が嫌《いや》でも目に入ってくる。

丸出しの背中の色気もハンパじゃない。女子の背中ってこんなにエロいものだったのか。

ウチにはエプロンがなかったとはいえ、わざわざ買ってきたのも変だと思ったが……。

裸エプロンがやりたかったのかよ！

「お姉ちゃんに急に裸エプロンやられたら、先輩なんてフリーズしちゃうでしょ。まずは亜月ちゃんで経験を積むんですよ。いえ、これで確実にレベルアップでしょう！」

「レベルアップしてどうする！　彩陽にそんなマネされたら百年の恋《こい》も冷めるわ！」

「さすが優等生、ツッコミにも詩的な表現を持ってきますね！」

「いいから、その下着エプロンをやめろ！」

「エプロンを取れと？　エプロン取っちゃうと、おっぱいのほうは丸出しになっちゃうんで、それはまだちょっと早くないですか？」

「早いも遅《おそ》いもあるか！」

頭がおかしくなりそうな展開だ。

いや、亜月の頭がおかしいだけか？

「せっかくのメシがこんなボケとツッコミで冷めたらアホみたいだろ！」

「ふぁーい、先輩ったらあたしの愛がわからないんですねえ。料理は愛情なんですよ」

「欲情《よくじょう》を誘《さそ》っといて、よく言うな……」

「あ、欲情しちゃいました？」

「亜月がつくってくれたメシを早く食いたいって言ってんだよ！」

「……あ」

亜月は唐突《とうとつ》に、腰《こし》をくねらせてそわそわし始めた。顔どころか、耳まで赤い。

下着エプロンを見せつけるような奴が、なにを恥ずかしがるのか。

「そ、そんなに褒めたって家庭教師のない日に通い妻するだけなんですからね！」

「大サービスだな⁉」

褒めたつもりも特になかったんだが！

「ふふふ、こんなににぎやかな夕食は久しぶりですよ」

「にぎやかなのは、主におまえの奇行《きこう》のせいだからな？」

いい話のように言われても困る。

「つーか、マジで冷めるから食うぞ」

「はーい」

こいつ、下着エプロンのまま座りやがった。

正面から見る限りは、普通にエプロンつけてるだけに見えるからいいとするか……。

「いただきます」

「はい、どうぞ♡」

ハンバーグをナイフでカットして一口ぱくり。

「……うおっ、美味《うま》い……！」

「いぇーい、亜月ちゃん大成功！　お口に合ったようでなによりですよっ」

信じられないことだが、このハンバーグはマジで美味い。

オムライスも……卵の焼き加減も、中のチキンライスも完璧だ。

「うん、俺好みの味付けだ……これなら通い妻もいいかも」

「おお？　先輩、なんて言いました？」

「先輩はなにも言ってない。おまえもさっさと食え」

「はーい、まあばっちり聞こえてますけどね！　もう逃《に》げられませんよ、先輩！」

しまった、俺まで余計なことを言ってしまった。

亜月も本気で通い妻なんてするわけがないが……するわけがないことを全力でやるのが亜月だ。

くそ、胃袋《いぶくろ》を摑《つか》まれるっていうのはこういうことか。

また一つ苦悩《くのう》を背負い込んだ気がするが、これだけ美味いとどうでもよくなる……！


「――ふう、ごちそうさま」

「おそまつさまでした。先輩、食後はコーヒーと紅茶、どっちがいいですか？」

「あ、それじゃ……紅茶を頼《たの》む」

完全に亜月にペースを握《にぎ》られてる。

だが、あんな美味いメシを食わせてもらったあとじゃ、厳しいことも言えない。

「お茶を飲み終わったらさすがに帰れよ。もういい時間だしな」

「あれ、お泊《と》まりは？」

「ねぇよ！　ちょっと油断したらとんでもないこと要求してくるな！」

彩陽だって、妹の外泊《がいはく》なんて許さないだろ。

「っと、俺も皿洗いくらいは手伝う――ん？」

そのとき、ピンポンとチャイムが鳴った。

夜に来客とは珍《めずら》しい。

親父はチャイムなんか鳴らさないし、社畜なのでこんな時間にはまず帰ってこない。

「失礼するわ」

「はぁ!?」

鍵《かぎ》もかけていなかった玄関《げんかん》のドアが開き、セイラが入ってきた。

セイラが入ってきた――!?

「セ、セイラ？　おまえ、どうして？」

「こんばんは、フドー。なかなか趣《おもむき》のあるお家ね」

「ど、どうも？」

セイラを風堂《ふどう》家に招待したことはない。

というより、セイラと学校以外で会うのもこれが初めてだ。

「……セイラ、なかなか独特な私服センスだな」

「ありがとう。私、これけっこう気に入ってるのよ。ぐっとくる？」

セイラは無表情でくるりと一回転して、メイド服のスカートを翻《ひるがえ》す。

メイド服……メイド服だ！　足首まであるロングスカートの、クラシックなメイド服だ。

「ああっ、セイラ!?　なんでいるの!?」

紅茶の準備をしていた亜月が玄関に来て、ひっくり返った声を上げる。

「お迎《むか》えに上がりました、亜月様。多少のことは見逃《みのが》しますが、日も暮れて殿方《とのがた》のお家にいらっしゃるのは看過《かんか》できません。ですので……とっとと来い」

「うっ……！」

亜月が、なにやら怯《ひる》んでいる。

狭《せま》い我が家に、裸エプロンの後輩《こうはい》とメイド服姿のクラスメイトが。

なんなんだ、この新たなカオスは？

「ちょ、ちょっと待て！　亜月とセイラって知り合いだったのか？」

「なにを言ってるの、フドー。私はこう見えて、天詞家の使用人よ？」

「使用人⁉」

謎《なぞ》に包まれた——というほどでもないが、未《いま》だに顔を合わせていなかった天詞家の使用人がセイラ⁉

「物心ついた頃《ころ》から天詞家で労働に勤《いそ》しんできたわ。労働基準法ガン無視よ」

「児童労働は禁止だからな……って、そんな問題じゃねぇ！　そういやおまえ、スパイとか言ってたが……」

「彩陽お嬢様《じょうさま》に近づこうとするヤカラは珍しくないけれど、貴秀院《きしゅういん》で急激に成績を伸《の》ばすようなやる気だけは異様にある人間は要警戒《けいかい》よ。天詞家に仕える者として、探りを入れるのは当然でしょう？」

「本気で俺をスパイしてたのか⁉」

セイラの謎が解けたが、全然嬉しくねぇ。

要するに、危険人物としてマークされてたってことじゃねぇか。

「謎の美女セイラの正体が明らかになったところで——とりあえず、亜月様の服装は問題ね。彩陽様は、もう鎌倉《かまくら》からお戻《もど》りなのよ。裸エプロンのまま連れて帰ったら、彩陽様が瞳孔《どうこう》開いて気絶するわ」

「それは俺としてもなんとかしてほしいな……」

「ええっ、先輩《せんぱい》の食欲《しょくよく》は満足させたけど、性欲《せいよく》はまだなのに……！」

「そんなもん満たす気だったのかよ！　よし、セイラ連行しろ」

「言われなくても。有能な私はあらゆる事態を見越《みこ》して、着替《きが》えも用意してるから」

「ん？　どんな事態を想定してたんだ……？」

「スマホのGPSで亜月様がフドーの家にいるのはわかってたのよ。亜月様が裸に剝《む》かれてお布団に転がってる可能性も高かったから、着替えを用意するのは当然」

「俺、友人からの信用ゼロなのかよ！」

有能なんじゃなくて、無駄《むだ》に疑り深いだけじゃねぇか。

「とにかく、このアバズ――いいえ、お嬢様は連れて帰るわ」

「あ、ああ」

このメイド、お嬢様のことも信用してない。アバズレって言いかけたぞ。

「亜月様、車を回しています。お着替えも車内で。ですので、とっとと来やがれ」

「えぇ～、せめて後片付けだけでも！　妻の義務として、それだけは！」

「その前に、天詞本家次女の義務を果たしてください。フドー、亜月様の制服は？」

「脱衣所《だつい》に……」

「フドー、悪いけど取ってきてくれる？　私が目を離《はな》したら、亜月様は逃げるから」

「あ、ああ……」

俺は言われるがままに、脱衣所に行って亜月の制服を取ってきた。

セイラは俺が渡《わた》した亜月の制服を、腕《うで》に引っかけるようにする。

「忘れ物はありませんね。帰りますよ、亜月様」

小柄《こがら》なセイラが割と長身の亜月の首根っこを摑み、ずるずると引っ張って歩き出す。

「フドー、おやすみなさい。また明日」

「せんぱ〜い……食器はきちんと洗ってくださいね〜」

ぱたん、とドアが閉まって。
二、三分ほどでブロロロロと静かなエンジン音が響《ひび》き、そのまま去って行った。
ツッコミどころが多すぎて、なにから悩《なや》んだらいいかすら判断できん。

「……勉強するか」

勉強すれば、すべてを忘れられる。

せめてもの救いは、今日のドタバタは彩陽には関わりがないってことだけか。

8　どうして、先輩が好きなのはお姉ちゃんなんですか？

「申し訳ありませんでした、風堂《ふどう》くん！」

「……な、なんのことだ？」

　翌日の朝。

　いつものように早めに学校に着くと、以前にもあったように彩陽《あやひ》に空き教室の前に連れ出されてしまった。

　そして、謎の謝罪。

　美少女はつむじまで綺麗《きれい》だな、などと感心するレベルで深々と頭を下げられている。

「昨日、亜月《あづき》ちゃんが家まで押しかけたそうで！　ご迷惑《めいわく》じゃなかったですか!?」

「迷惑は……かけられなかったって言ったら嘘《うそ》になるが、亜月には世話になった」

「世話……亜月ちゃんが、風堂くんのお世話を？」

　迷惑の具体的内容については言えないが。

　ジャージ一枚で現れたとか、裸《はだか》エプロンをキメたとか、頭がおかしくなりそうなエロ展開については、この天使には話せない。

「あいつ、料理も掃除《そうじ》もできるんだな。さすがに意外だった」

「え……？　お料理？　お掃除……ですか？　亜月ちゃんが？」

「もしかして、彩陽は知らなかったのか？」

「し、知りませんでした……その、わたしたちの家には使用人がいるので、家事のたぐいはする必要がなくて。お恥《は》ずかしいのですが」

「い、いや、そんなの普通《ふつう》のことじゃないか？」

使用人がいなくても、家事スキルゼロの女子高生は多いだろう。

とはいえ、亜月の家事スキルを家族の彩陽が知らないっていうのは意外すぎる。

やっぱり、天詞《あまつか》姉妹の間には溝《みぞ》があるんだろうか……？

「あ、そうです！　ウチのセイラも風堂くんのお家にお邪魔《じゃま》したんですよね？」

「そっちはマジで驚《おどろ》いたよ……まさか、使用人っていうのがセイラのことだったとは」

「内緒《ないしょ》にしていてすみません……セイラが、〝いきなり明かしてフドーの驚いた顔を見て悦《えっ》に入《い》りたい〟とのことで……」

「あいつ、表情死んでるくせに、楽しそうに生きてるよな……」

充分《じゅうぶん》に驚かせてもらったよ、我が友よ！

「本人は、天詞家で働いていることは学校では隠《かく》しておきたいそうです。学校では、普通のロリでいたいと……」

「普通の……」

セイラは、自分のご主人様になにを吹き込《こ》んでやがるんだ？

「まあ、俺もセイラの仕事を言って回るつもりはない」

「それなら、セイラも安心すると思います。差し出がましいですが、今後もセイラとは友人としてお付き合いしていただけると、わたしも嬉《うれ》しいです」

「ああ」

とはいうものの、セイラには使用人としての思惑《おもわく》があるんじゃないか？

彩陽や亜月に急接近してる俺に、思うところがありそうな気がする。

「ほっ、よかったです……って、まだです！」

「ま、まだ？」

「その……亜月ちゃん、下着にエプロンをつけただけの格好で帰ってきたんです」

「あの格好で帰ったのか⁉」

「食欲と性欲を同時に満たすスタイル……と言ってました……」

かぁーっ、と彩陽の顔が真っ赤になっていく。

これ、周りからは俺がセクハラしてるように見えるんじゃね？

「セイラが着替えを持ってきてたのに、なんでそのまま帰りやがったんだ……」

「本人が頑強《がんきょう》に抵抗《ていこう》したみたいです……」

それ、俺に地獄《じごく》を見せるのが狙《ねら》いだったのでは？

ていうか、今まさに好きな女子から「わたしの妹があなたの家に行って、裸エプロンで帰ってきました」と詰《つ》め寄られてるわけだし。

「あ、あんな格好でお家にいられたら困りますよね。本当にごめんなさい……ウチの亜月ちゃんはちょっと奔放《ほんぽう》で」

「ちょっと……？」

どんなに頭ゆるゆるな女子でも、彼氏でもない男の家で裸エプロンにはならんだろ。

「……でも、亜月の料理、美味《うま》かったぞ。彩陽もいつか食べてやったらどうだ？」

「は……はい、そうですね。風堂くんは、亜月ちゃんのこと思ってくれてるんですね」

「思ってる⁉　い、いや、変な意味じゃねぇよな⁉」

「ち、違《ちが》います」

彩陽は顔を赤くして、ぶんぶんと首を振《ふ》る。可愛《かわい》い。

「ただ、その……亜月ちゃんは誤解されやすい子なので……」

「見た目がアレだしな。俺だって亜月を理解してるわけじゃねぇけど、あいつが見たまんまの奴《やつ》じゃないことはわかってる」

「…………風堂くんは、不思議な方ですね」

ぎゅっ、と彩陽が俺の手を両手で握《にぎ》り締《し》めてくる。

な、なんだ、いきなり？　彩陽の手が柔《やわ》らかすぎるんだが！

「わたしでも、亜月ちゃんのことは理解できていないんです。姉なのにお恥ずかしい」

「……俺は兄弟いねぇけど、そんなもんじゃないか。兄弟は他人の始まりだろ」

「わたし、亜月ちゃんに嫌《きら》われちゃってるんですよ……」

「…………っ！」

彩陽は気づいていたのか。

「あの子は、そんな素振《そぶ》りは見せませんけど、わかっちゃうんです。正直、貴秀院《きしゅういん》を受験すると言い出したときは驚きました。わたしと同じ高校には来ないと思ってましたから」

「……もし彩陽を嫌ってるのが事実だとしても、嫌ってるだけじゃねぇってことだろ」

こんなとき、気の利いた言い回しができるわけもない。

特に、相手が彩陽ならなおさらだ。

「そう思っていいのでしょうか……！　ありがとうございます、風堂くん！」

うおっ……！

彩陽が両手で俺の手を握り締めたまま、ぐっと自分のほうへ引き寄せる。

胸、胸！　彩陽の胸に俺の手がちょっと当たってる！　ふよんって柔らかい感触《かんしょく》が！

「はぁ、よかったです……急に変な話をしてしまってすみません。このことを話したの、風堂くんが初めてです。なぜか、風堂くんに聞いてほしくなってしまって……」

「あ、ああ。俺でよければ話くらいいくらでも聞くぞ」

まるで俺だけ特別と言われてるようで──つい、勘違《かんちが》いしてしまいそうだ。

「……って、違います！　わたしがお話ししたかったのは、そんなことじゃなくて！」

「ど、どんな話なんだ？」

「わたしを好きにしてください！」

「はぁ!?」

彩陽は、さらに自分の両手ごと俺の手を胸にぐっと押しつけてくる。

既《すで》に、手が制服越《ご》しにおっぱいの柔らかさに包まれてるぞ！

「……あれ？　なにか違いますか？」

「よくわからんが、違うと思う……」

「そ、そうですね……えー、亜月ちゃんがご迷惑をおかけしたお詫《わ》びをしようかと」

「お詫び……？　いや、そんなことを彩陽がする必要はないだろ」

「いいえ、亜月ちゃんの家庭教師をしていただいてますし。風堂くんには個人的にお礼もしたいんです。押しつけがましいですけど、どうかお願いします」

彩陽の目は恐《おそ》ろしく真剣《しんけん》だ。礼儀《れいぎ》正しいというか、人がよすぎるというか。

謝罪はいらないし、家庭教師は給料をもらってるんだから礼もいらないが——彩陽はそれでは納得できないんだろう。

「俺とデート——じゃない、一緒《いっしょ》に出かけるとかはアリか？」

「え？　そんなことでいいんですか？」

「は⁉　そんなことって！」

自分で言っておいて、びっくりしたわ。

天詞彩陽とお出かけできるなら、定期テストをサボってでもご一緒したいくらいだ。

「お出かけ、いいですね。ただ、わたしは世間知らずですので……申し訳ないですが、風堂くんに行き先を決めていただけるなら、是非《ぜひ》」

「ちょ、ちょっと待て。俺とお出かけってことは……俺とお出かけだぞ？」

「ええ、そうですけど……どうかされたんですか？」

「ダメだ」

「なにがですか⁉」

とてもレアな彩陽の叫《さけ》び声、いただきました。

「いや、男子からの誘《さそ》いを簡単に受けてはいけない、ということだ。俺は安全な生き物だが、そうじゃない男子のほうが多い。男を見たらドラゴンだと思え」

「狼《おおかみ》じゃなくてですか⁉」

彩陽のツッコミもかなりレアだ。ＳＳＲだな。

もちろん、面倒《めんどう》くさいことを言ってる自覚はある。

自分から誘っておいて、なにを言ってるんだと。でも言わずにはいられなかっただけで。

「い、いえ、わたしも男性からのお誘いはお断りしています。ただ、風堂くんですから」

「…………」

これまた思い切り誤解しそうな台詞《せりふ》だな……わかってて言ってんのか？

「いつでもというわけにはいきませんが、事前に予定を教えていただければ……」

「じゃ、じゃあ……そのうちな」

「はい、約束ですよ」

彩陽は、やっと俺から手を離《はな》して、今度は小指を絡《から》めてくる。

指切りなんてしたのは――

「あの学園祭以来だな」

「え？　学園祭……ですか？　そういえば、以前にも学園祭でなにか……」

「指切りして約束を──いや、なんでもない！　それじゃ、俺はこの辺で！」

俺は、くるっと身を翻《ひるがえ》して早足で廊下《ろうか》を進む。

焦《あせ》るな、俺。学園祭のことまで思い出してもらおうっていうのは欲張《よくば》りすぎだ。

だがまさか、亜月のお宅訪問から彩陽とのデートに繋《つな》がるとは！

天国作戦はまさに天国に向かっているのかも。でかした、亜月！

「浮《う》かれた足取りですね、先輩《せんぱい》」

「…………亜月には言われたくねぇなあ」

廊下を曲がったところで──褒《ほ》めたばかりの後輩《こうはい》が腕組《うでぐ》みして待ち伏《ぶ》せしていた。

「お姉ちゃんとなにを話してたんですか？　言ってみ？」

「なんで上から目線なんだよ。別にたいした話はしてねぇよ」

「お姉ちゃんが、おっぱいを触《さわ》らせるほど興奮してたのに？」

「……うっかり、彩陽と話し込めないな」

この神出鬼没《しんしゅつきぼつ》の後輩が、どこから見張っているかわからん。

だが、彩陽との話の内容──彩陽は亜月に嫌われてると知ってる、なんて話を聞かせるわけにもいかない。

「……彩陽と、ちょっとしたお出かけをすることになりそうだ」

「は⁉　お姉ちゃんとデート⁉　待ってください、それはフローチャートのだいぶ先なんですよ！」

「予定してたのかよ。デートじゃなくて、お出かけだ。亜月の面倒を見てるお礼らしい」

お詫びという話は黙《だま》っておこう。

亜月は、姉に自分の尻拭《しりぬぐ》いをしてもらいたくないかもしれない。

「ふ、ふーん……でも先輩、またもや無謀《むぼう》ですね」

「無謀？　なんだそれ？」

「デート、したことないでしょう？　初めてのデートの相手が天詞彩陽とか、レベル１でラスダンに挑《いど》むようなもんですよ」

「……彩陽だって初めてじゃないのか」

「男と女じゃ違いますよ。女の子が初めてのデートで初々《ういうい》しかったら可愛いですけど、男の人がオロオロしてたら情けないだけじゃないですか？」

「おまえ、今日も言いたい放題だな……」

「しかもお姉ちゃん自身は世間知らずとか自称《じしょう》してますが、庶民《しょみん》の世界に疎《うと》いだけですよ。子供の頃《ころ》から高級店でのお買い物！　三つ星レストランや料亭《りょうてい》でのお食事！　ラグジュアリーなホテルでのお泊《と》まり！　なんでも経験してますからね！」

「うっ……！」

　俺はそんなところには連れて行けないし、もし行っても立ち振《ふ》る舞《ま》いなんてわからない。

「姉は、人生経験だってレベルカンストですよ！　雲の上の世界のお楽しみを知ってるお嬢様《じょうさま》をエスコートできますか！」

「ざ、雑誌とかで調べればいいんじゃないか？　俺は学習能力には自信があるぞ」

「馬鹿《ばか》な。尻軽《しりがる》目当てのチャラ男が読むような雑誌の情報が、天詞彩陽の攻略《こうりゃく》に役立つわけがないでしょう」

「本当に言いたい放題すぎる……だったらどうすりゃいいんだ！」

「そこで、亜月ちゃんですよ！　こう見えてもあたしはリア充《じゅう》ＪＫなんです！」

「嘘《うそ》つけ、ぼっちだったじゃねぇか」

「ズバリ言いますね！　ですが、あたしだって天詞のお嬢様！　いわばジェネリック彩陽なんです！」

「言っとくが、〝ジェネリック〟って〝安物〟って意味じゃねぇぞ」

「そういうわけで、フローチャートの予定変更《へんこう》です。次のミッションでは、あたしが先輩のデートシミュレーションにお付き合いしましょう」

「は？　なんでそんな話に……」

「……せっかく距離《きより》詰《つ》めてるのに、今さらお姉ちゃんにかっさらわれちゃたまらないんだよ」

「ん……？　おい、なにをボソボソ言ってるんだ？」

「お姉ちゃんなら恐れ多いでしょうけど、あたしの身体《からだ》は好きに使っていいんですよ。さあ、デートです！」

「だから言い方！」

なんか思いっきり雲行きが怪《あや》しくなってきたぞ。

彩陽とデートも可能――って浮かれてたのに、それどころじゃなくなってきた。

とはいえ、確かに俺一人でプランを練るというのも無理がある気がする。

こいつに任せていいのかは、大いに不安だが……贅沢《ぜいたく》は言えないか。


というわけで、次の日曜、午前十一時。

待ち合わせ場所は、Y駅前。このあたりではもっとも乗降客の多いターミナル駅だ。

駅前にはちょっとした広場があり、人でごった返している。

せっかく落ち着いて勉強できる日曜に、こんな無駄《むだ》に騒《さわ》がしいところに出てこないといけないとは。デートって大変なんだな。

しかし、これってデートになるんだろうか……？

いや、あくまでこれはシミュレーション、要するに練習だ。

やっぱり、初めては好きな人とがいいだろう？　我ながらキモいが。

亜月には悪いが、これで相手が彩陽だったらな……。

彩陽だったらなにができるんだという話だが、日曜に彼女と会えるだけで最高だろ。

「お待たせしました、風堂くん」

「……相変わらず、無駄にモノマネが上手いな」

後ろからの声に、振《ふ》り向かずに答える。

俺の心を見抜《みぬ》いたかのように、彩陽の声を聞かせるあたりもウザいほど絶妙《ぜつみょう》だ。

「普通《ふつう》に現れられないのか。デートの練習にならないだ、ろ……？」

振り向きつつ、思わず絶句してしまう。

清楚《せいそ》なロング丈《たけ》の白ワンピースに、薄手《うすで》で淡《あわ》いピンクのカーディガン。

初夏のお嬢様らしい、清楚な装《よそお》いだ。

「あ、あづ……彩陽!?」

「ごきげんよう、そのお召《め》し物、ステキですね」

そう、現れたのは今時のリア充ＪＫ――ではなくて夏のお嬢様。

黒髪《くろかみ》ロングが似合う清純系ＪＫ、天詞彩陽だった。

「こ、これはただのユ●クロの１９８０円のシャツで……な、なんで？」

「なんで、と言いますと？」

「今日は、その……彩陽の妹さんと会う予定で」

「あー……やっぱり、風堂くんは亜月ちゃんとその……お付き合いを？　お家に遊びに行くくらいですものね……ごめんなさい、それを確かめたくて来てしまいました」

「ち、違《ちが》う！　亜月とは、遊びに行く程度の関係で！」

「遊びの関係……ですか？」

「語弊《ごへい》が！　いいや、そうじゃなくてだな、えーと」

彩陽が出てくるかと思ったら、亜月ちゃんでした！

――だったら、亜月をシバけばいいが、こんなサプライズはどう対処すれば？

「亜月のほうから誘ってきて――いや、それも違う。ああ、そうだ……妹さんを一日お借りするつもりだった。あ、あいつは来ないのか？」

「ぷ、くくく……ぷっ、あはははははは！」

「あ、彩陽……？」

「い、いえ、笑っちゃダメですね。あたしをワルモノにしないんですね。というか、これ幸いとお姉ちゃんを連れ出すかと思ったのに。ああ、ごめんなさい」

まだ笑いながら、彩陽が頭に手をかけた。ずるり、と黒髪が丸ごと剝《は》がれ落ちる。

「えぇっ!?　おっ、おい……その髪……！」

「二週間ぶり二度目！　残念、亜月ちゃんでした！」

黒髪の下から現れたのは、クセのある茶色の髪——

無駄に見慣れてしまった、あいつの髪だった。

「あ、亜月……おまえ……！」

「どうです、我が姉の完コピ感。なにしろ十六年ほど毎日見てる相手ですからね。細かい仕草の一つ一つまで完璧《かんぺき》にトレースできてたでしょ？」

「デートのシミュレーションって、彩陽に化けろなんて要求してねぇよ！」

ああ、完璧に騙《だま》された！　ていうか、なんで引っかかるんだ、俺！

残《ざん》念、亜月《あづ》ちゃんでした展開なんて、充分《じゅうぶん》に予想できたはずなのに！

「どうです、このヅラ。今日のために特急で特注したんですよ。お姉ちゃんに髪を何本かブチブチ引き抜《ぬ》かせてもらって、サンプルとして送ったりも」

「ひどいことするな！」

彩陽の緑の黒髪になんてことを！

「ああ、先輩はお姉ちゃんの髪を食べたかったですか？」

「猟奇的《りょうき》だな!?」

「冗談《じょうだん》ですよ。でも、この服もいいでしょ？　今朝、お姉ちゃんの部屋に侵入《しんにゅう》して拝借してきたんです。本人の写真付きでオークションに出したら高値がつきそうですね」

「おまえ、金持ちだろ！」

服は本物なのか……それじゃ余計に騙される。

「ついでに下着も漁《あさ》ってきたんですけど、九割が普通の白でしたよ」

「おまえ、姉の部屋でなにしてるんだ!?」

そして、残りの一割は何色なんだ!?

「あ、上下一セットパクってきたので、あとでお土産《みやげ》に渡《わた》しますね。後輩たる者、敬愛する先輩に手土産くらい持ってきて当然ですよね」

「それ、バレたら俺が破滅《はめつ》するヤツじゃねぇか」

これから告りたい相手の下着を既《すで》に所有してるとか、後ろめたすぎる。

「それも冗談ですよ。ブラはお姉ちゃんとサイズぴったりですけど、色とデザインは趣味《しゅみ》が合わないんですよねえ。ほら、こういう黒とか全然着けないんですよ」

「見せるな見せるな！」

ワンピースの前をぐいっと開けて、見せつけようとしてくる亜月。

こいつ、人前だっていうのを忘れてないか。人がいなくても俺に見せちゃダメだが。

「ん？　もしかして、珍《めずら》しく化粧《けしよう》もしてるか？」

「よく気づきましたね。姉とは肌《はだ》の色がちょっと違うんですよ。当たり前ですけど」

「別人だってことに気づくべきだったけどな」

そういえば、亜月は派手な外見の割に化粧はほとんどしないんだよな。

「細かいところに気がつくのは、ポイント高いですよ。ま、行きますか」

亜月は、かぽっと彩陽仕様のウィッグをかぶる。

「待てこら、その格好で行くのかよ」

「だって、お姉ちゃんとのデートのシミュレーションでしょ？　だったら、相手がお姉ちゃんのつもりでやったほうがいいでしょ？」

「ここまで完璧に似すぎてると、シミュレーション感がなさすぎる……」

「練習は本番のつもりでやるんです。さあ、参りましょう、風堂くん」

ぎゅっ、と亜月が俺に腕《うで》を絡《から》めて胸まで押しつけてくる。

ふんわり柔《やわ》らかい胸の感触《かんしょく》と、甘い香《かお》りが……。

「ふふふ、どうしました？　耳まで真っ赤になってますよ、風堂くん？」

「…………」

やっぱり俺、早まったんじゃないだろうか。

いつも亜月の口車に乗せられて、ろくでもないことに巻き込まれてるよな。

彩陽に腕を組まれて、胸を押しつけられるなんて、絶対にありえないってわかってる。

こんなことで喜ぶのは、彩陽に悪い――いや、亜月にもか。

「いやあ、買った買ったぁ。荷物持ちがいると買い物がはかどりますね」

「おまえ、やっぱ趣旨《しゅし》忘れてんだろ」

こじゃれたオープンカフェで、やっと腰《こし》を落ち着けられた。

軽く食事をして、ようやく一息つく。

結局、二時間も亜月に連れ回されて服だのアクセサリーだのの買い物に付き合わされただけだ。

彩陽は男を荷物持ちにはしないだろうから、レベル上げにもなんにもならねぇ。

「あたしは実物を見て買いたい派なんですよ。まとめて買いたい派にも所属してますし。先輩《せんぱい》、意外とパワーあって助かりました」

「体力だけなら自信が——って、そこを最大限に利用すんなよ！」

「抜け目のない亜月ちゃんなのであった、ちゃんちゃん。あ、そうだ。ちょこっと別行動しませんか？」

「別行動？　それってデートではよくあることか？」

「三十分くらいですよ。彩陽擬《ぎ》態《たい》モードでその辺歩いたら、何人にナンパされるかレッツ★チャレンジ」

「どこの世界にデート中にナンパされに行く女がいるんだ⁉」

「ここにいますよーんっw　黒髪清楚《くろかみせいそ》な美少女が実はビッチって興奮しません？」

「そんな性癖《せいへき》ねぇよ！」

彩陽に化けたままでふざけすぎだ、こいつ。

確かに、マジで彩陽とデートしてる気分で楽しかったのは否《いな》めないが。

「……よし、今度はあたしのターンだ」

「………………？」

何事かつぶやきながら、亜月は自分のカバンだけ持って店を出て行った。

どうも怪《あや》しかったが、またなんか企《たくら》んでるのか……？

でも、あいつのイタズラを警戒《けいかい》するだけ無駄な気もする。

せっかくの外出なんだから、俺も有意義に過ごすか。

「そういえば、俺も夏物なんて全然ねぇなあ……」

服に金をかけるなんて馬鹿馬鹿《ばかばか》しいけど、デートに着ていく服くらいは必要か。

彩陽とのお出かけでは、ただの普段着《ふだんぎ》ってわけにもいかない。

それこそレベルアップが必要だ。

彩陽の隣《となり》に並ぶには、せめて恥《は》ずかしくない格好をしないとな。

「……って、あいつ金も払《はら》わずに行きやがった。学生のデートなら割《わ》り勘《かん》だろ」

仕方なく亜月の分も払い、大荷物を抱《かか》えて店を出る。

でもまあ、デートに慣れておくっていうのは確かに重要かもな……。

「あっ」

「ん？　ああ、なんだ、まだそんなとこにいたのか」

ぼんやり考え事をしつつ歩いていると、正面から亜月が歩いてきた。

白いノースリーブのブラウスにロングスカートという格好に着替《きが》えている。

「別行動ってまた買い物かよ。しかも、今度はずいぶんテイストの違う服を買ったな」

今日、亜月が買ってた服は全部派手めのキャミソールとか、ミニスカートとかだった。

いちいち俺にエロいか確認するのが大変にウザかった。

「え、えと……風堂くん？」

「だから、そのハイクオリティなモノマネやめろっての。いい加減混乱しそうだ」

次に彩陽と顔を合わせたときに、亜月と間違《まちが》えかねない。

「モ、モノマネ？　えっと、すみません……ちょっとはぐれてしまいまして……」

「はぐれたんじゃなくて、別行動してたんだろ。亜月、もういいのか？」

「あ……今日は亜月ちゃんとお出かけ、だったのですか」

「変な言い回しだな。おまえ、時々記憶《きおく》が飛ぶのか？　勉強のときは教えたことは一応覚えてたのに」

彩陽モードで一人称《いちにんしょう》が〝亜月ちゃん〟だと余計にややこしい。

「もういいのなら、次行こう。今日は腹くくって、とことん付き合うか」

「……そ、それは……いえ、はい、そうですね」

なにか覚悟《かくご》でも決めたみたいに、亜月はこくりと頷《うなず》いた。おおげさな奴《やつ》だ。

「ん？　亜月、急におとなしくなったな。彩陽に擬態するのはいいが、そこまでクオリティ上げなくても。ああ、もう腕は組まないんだな」

「えっ！　う、腕ですか⁉　そ、そんなことまで……！　あ、亜月ちゃんはなにをしてるんですか……もう……」

なにやらぶつぶつ言いながら、また亜月が腕を絡めてくる。

当たり前のように俺の腕に胸が当たって——

「……ん？　亜月、まさか下着まで替《か》えたのか？　なんか、さっきまでと胸の感触が少し違《ちが》うような？」

「ど、どれだけ亜月ちゃんのことを知り尽《つ》くしてるんですか、風堂くん……！」

「別に好きで知り尽くしてるわけじゃないが」

買い物してる間、ずっと胸を押しつけられてたからな。感触が変われば気づきもする。

「しかし、さっきよりモノマネのクオリティがさらに上がってるな。もう本物にしか見えねぇぞ。悪事に使えそうだな……」

「亜月ちゃんは悪いことはしな——いとは言い切れませんが、そんなに悪いことはしないはずです」

「なんだ、その歯切れの悪さは。姉貴に変装して、デートの真似事《まねごと》をしてる時点で良い子ではないだろ」

それに付き合ってる俺も真っ当とは言いがたいな。

だが、この胸の感触……どうも、おかしな違和感《いわかん》が……。

「わたしの格好をして、風堂くんとお出かけ……なにを考えてるんでしょう……」

「本当に、亜月はなにを考えてるんだ？　おまえが損得を考えないのは知ってるが、貴重な日曜を潰《つぶ》してまでなんで俺に付き合ってるんだよ？」

「最近の……貴秀院に入学してからの亜月ちゃんは本当に楽しそうです。いえ、もっと前からでしょうか。わたしにはなにも話してくれませんけど……」

おいおい、芝居《しばい》の設定まで手が込んできたな。

楽しそう、か。

クラスではぼっちでも楽しいって、あいつマジでメンタル強いな。

「二人きりの姉妹なんですから、なんでも話してほしいんですけどね……」

「二人きりの姉妹だから、話せないこともあるんじゃやねぇの」

「そう、なんでしょうか……いえ、楽しそうなのはいいことなので、相談する必要もないんですけど、なにも言ってもらえないのは寂《さび》しくて」

しょぼーん、と亜月が肩《かた》を落としている。

「まあ、亜月にはウチの高校が合ってたんだろ。よかったじゃないか、嫌々《いやいや》通うにはしんどいしな、貴秀院は」

「……ですが、亜月ちゃんが楽しそうなのはたぶん……」

じっ、と亜月が俺の顔を見上げてくる。

ん……？　なんだ、やっぱりなにか違和感が……？

「あ――――――――っ!?」

「あん？　なんだ……って、えぇっ!?」

人ゴミの中を、正面から彩陽が歩いてくる。

黒髪《くろかみ》ロングに、ワンピースにカーディガン。

気のせいか、朝から俺の隣を歩いてた奴の服装によく似てるな……？

「えーと……こちらのあなたはもしかして、天詞彩陽さん？」

「だいたい状況《じょうきょう》は想像できていたのですが、思っていた以上に似ていますね……ちょっと背筋が寒くなりました……」

「………………っ!?」

自分で訊《き》いておいてなんだが――マジで、俺に腕を絡めてるのは天詞彩陽かよ!?

「せ、先輩……ちょっと目を離《はな》した間に浮気《うわき》ですか!?」

「その前に言うことあるんじゃないか!?」

自分が変装してた相手に出くわして、浮気がどうこうとかありえないだろ！

「あっ……こ、ここではみなさんの邪魔《じゃま》になります」

ぱっ、と亜月——じゃなくて、彩陽が俺から離れてしまう。

しまった、本物の彩陽だったならもっと感触を堪能《たんのう》しておくんだった……！

だが、彩陽の言うとおり、ここらは人通りが多すぎる。

ひとまず、近くのコンビニ前へ移動する。

「……まずは謝っておきます、風堂くん。ごめんなさい」

「え？　え？」

「いえ、亜月ちゃんがわたしに変装して風堂くんを連れ回している、というのは気づいていました」

「ずいぶん鋭《するど》いな……」

彩陽は、かくもややこしい状況をあっさりと見抜《みぬ》いていたのか。

天然なんだか、鋭いんだか、わからないな。

「顔や体型が似てるのは知っていましたけど……髪《かみ》と服装を変えるだけで、ここまで似るものなんですね……」

彩陽は、じーっと目の前にいる自分——ではなく、妹を見つめている。

二人がこうして向き合っていると、気味が悪いくらいそっくりだ。

双子《ふたご》どころかクローンってレベルだ……。

「このカツラやわたしの服はまあいいでしょう……ですが、亜月ちゃん？　どういうことなんです？」

「あ、あはは……ちょっとしたイタズラだよ。強引に理玖《りく》先輩に買い物に付き合ってもらっちゃったんだけど、軽く驚《おどろ》かしてやろうと思って変装を……ね？」

「おい、亜月——」

「ですよねっ、先輩？」

……デートのシミュレーションだってことは黙《だま》っててくれるのか。

俺としてはそのほうがありがたいが……亜月をワルモノにするのも気が引ける。

「亜月ちゃん……わたしでも怒《おこ》りますよ？　風堂くんが優しいからって、あまり甘えてはいけません。こんなにたくさん荷物を持たせて……これ、全部亜月ちゃんが買ったんでしょう？」

「あ、先輩に買ってもらったんじゃないから。お金を出したのはあたしだから」

「当然です！　もう……本当に妹がごめんなさい。わたしも、気づいていたのに亜月ちゃんのフリをしてごめんなさい」

彩陽は、深々と頭を下げてしまう。

「ま、待て。なにも謝ることは……」

「その、なんといいますか……亜月ちゃんと風堂くん、ずいぶん仲が良いみたいでしたので、ちょっとお二人のことが気になってしまって……こんな覗《のぞ》きみたいなマネをしてしまって、お恥ずかしいです……」

本気で恥じているらしく、頭を下げたままの彩陽の肩がぶるぶると震《ふる》えている。

いや、こんな面白い事態に出くわしたら、誰《だれ》でも乗っかるんじゃないか？

「あ、お姉ちゃんもけっこう楽しそうだったよね。腕《うで》なんか組んじゃって」

「……………っ！」

彩陽が弾《はじ》かれたように頭を上げて、ただでさえ赤かった顔がさらに真っ赤になっていく。

「こーんなにおっぱい押しつけちゃって、サービスしすぎじゃない？」

「そ、それは亜月ちゃんが普通《ふつう》にやってるみたいだったから、仕方なく……！　ああっ、ごめんなさい、風堂くん！　変なものを押しつけたりして本当にごめんなさい」

「あー、お姉ちゃんってば、ご褒美《ほうび》だってことがわかってないなあ」

「ご褒美……？　いえ、風堂くん、どうか今日のことは忘れてください！」

「…………」

口を挟《はさ》む暇《ひま》もないが、それは無理だろう。

俺が年老いて家族の名前すらわからなくなっても、今日の彩陽の胸の感触《かんしょく》は忘れないのでは。

「忘れろって無理だよね。そもそも、お姉ちゃんはなんでここにいるわけ？」

「え……あ、そうでした。セイラが急に買い物に行きましょうって言い出して……」

「セイラならそこにいるよ」

亜月が、コンビニの建物の陰《かげ》を指差した。

そこには、確かに見慣れたツインテールロリがなぜか制服姿で立っている。

「はっ……!?　さすが亜月お嬢様《じょうさま》、たいしたカンですね」

「お姉ちゃんが一人で出かけるなんてありえないもん。セイラが一緒《いっしょ》なのはわかりきってんでしょ」

「………」

そりゃそうだ、天詞家の長女が一人でふらふら街中に出てくるとは思えん。

天詞家次女のほうは一人でふらふら出てくるが。

「さてはセイラ、またスパイってた？　あたしが先輩《せんぱい》と出かけんの、摑《つか》んでたんでしょ」

「セ、セイラ！　風堂くんと亜月ちゃんを監視《かんし》するのが目的だったんですか!?」

「お嬢様方の安全をお守りするのも、私の仕事ですから。それに、彩陽様にもいい勉強になるじゃないですか」

「わ、わたしの勉強……？」

「最近、ファッション雑誌を食い入るように読んでいたり、流行《はやり》のお店を調べたりしてるじゃないですか。近々、外出のご予定があるんでしょう。亜月様とフドーのデートをつけ回せば参考になるんじゃないですか？」

「つ、つけ回すなんて……！」

「ずいぶんワクワクされてるようなので、実地《じっち》で調べるのもいいのではと」

「セイラ、ちょっと黙ってください！　わたしは、ワクワクなんて——風堂くん、亜月ちゃん、本当にごめんなさい！　もう邪魔しませんから！　セイラ、帰りますから車を！」

彩陽は慌《あわ》てた様子で、セイラの背中を押して小走りに去って行く。

「……お姉ちゃん、先輩とのデートを楽しみにしてるんですね」

「俺とのお出かけを気にしてるとは限らんだろ……」

そうであれば嬉《うれ》しいが、期待しすぎは禁物だ。

亜月ちゃんだけじゃなく、彩陽ちゃんにまで「残念！」をやられたらたまらん。

「あ、亜月様、ちょっと」

「んん？　なに、セイラ？」

と思ったら、セイラが引き返してきた。

「大丈夫《だいじょうぶ》ですか、亜月様？」

「亜月様は大丈夫だけど、なにが？」

「昨日の夜遅《おそ》く——というより、朝まで起きていらっしゃったでしょう。ワクワクするのはわかりますが、早く寝《ね》ないと。クマをコンシーラーで隠《かく》すより、たっぷり寝てツヤツヤ肌《はだ》でお出かけしましょう」

「セイラぁーっ！　いらんこと言わない！」

亜月が怒鳴《どな》ると、セイラは忍者《にんじゃ》のようにシャッと姿を消した。

「ち、違《ちが》うんですよ！　デートに期待してたってわけじゃなくて！　先輩を騙《だま》すのが楽しみだっただけで！」

「わ、わかってるって。楽しませられたみたいで、なによりだ」

「……わかってねー！」

「ん……？」

「先輩、次！　次行きますよ！」

亜月は俺の腕をがしっと摑むと、早足に歩き出した。

メイクをしていても、亜月が赤くなっているのははっきりわかる。

いや、俺はわかってないのか。

鈍感《どんかん》なままじゃ、レベルが低いままじゃ、天国なんて遠すぎる。

◆◆◆

なんてこった、だ。

先輩の腕を摑んで歩きながら、あたしは心の中で頭を抱《かか》えてのたうち回っていた。

まさか、あの場面でご本人登場とは！　やってくれたよ、セイラ！

くそう、つくづく上手くいかない。

もう彩陽擬《ぎ》態《たい》モードは散々見せたし、あたしのターンってことで普通にデートしようと思ってたのに。

ぶっちゃけ、レベル上げなんかどうでもいいから、私服の可愛《かわい》い亜月ちゃんを見せつけようと思ってたのに。

でもなんか、素《す》のあたしで先輩と出歩くとか超恥《ちょうは》ずい……。

一旦《いったん》、先輩と離れて着《き》替《が》えてから戻《もど》ろうとしたのに、それもできなかった。

うへー、なんでだろ？

先輩とは放課後によく一緒にフラフラしてんのに、なにを今さら照れてるんだよ！

デートか？　デートってお題目がよくないのか？

なんなの、なんなの。ピュアか、あたしは？

おまけにセイラに昨夜のこと暴露《ばくろ》されたし。

あいつ、一応天詞家の使用人だけどあたしには忠誠心ゼロだよね！

寝られるわけないじゃん？　デートだよ？　シミュってところはスルーで。

彩陽擬態モードの服なんか、適当にお姉ちゃんの部屋からパクってくればいいけど。

最終的に亜月ちゃんに戻ることも考えて、着替えを用意していかなきゃってことで。

そっちはえらく迷っちゃった。

しかも、結局決められなくて、着替えを持たずに出てくるという惨《むご》い有様に。

ピュアか！　乙女《おとめ》か！

タイショーとかショーワとかの女子でももっとガツガツしてたんじゃないの。

さりげなくデートしつつ、亜月ちゃん復活モードで着る服を買い漁《あさ》って事なきを得たけど。

……って、事なきを得てないじゃん！　まだ彩陽のままじゃん！

とりあえず、もう姉もセイラも戻ってこないだろう。奴《やつ》らはそんなに暇じゃない。

よし、ここまではなかったことにして次に賭《か》けよう。

浮《う》かれたリア充《じゅう》ＪＫらしいトコロに連れて行って、このデートの主導権を握《にぎ》るんだ。

◆◆◆

駅から徒歩五分ほどのところにあるアミューズメント施設《しせつ》。

そこに、フロアを丸ごと占領《せんりょう》する広いカラオケボックスがある。

亜月が俺を連れて入ったのは、このカラオケボックスだった。

俺はカラオケなんかはあまり縁がないので、どうにも落ち着かない。その上――

「広すぎる……」

どう見ても、二〇～三〇人が入れるようなパーティ用の部屋だ。

バリリゾート風とかいう部屋らしく、テーブルやソファ、室内の調度品などがこじゃれたリゾートホテルっぽくなっている。

「なにをきょろきょろしてるんですか、先輩」

「いやいや、二人で使うのにこんな部屋は必要ねぇだろ」

「天詞のお嬢《じょう》として、狭苦《せまくる》しい部屋でコソコソ歌うなんてセコイことはしたくないんですよ。飲めや歌えや！」

「飲むなよ。無駄遣《むだづか》いにもほどがある……」

亜月が支払《しはら》いはすると言ってるが、デートで男が出さなくていいもんだろうか。

高校生なんだから割《わ》り勘《かん》でいいだろうが、ここの料金は半分でも俺にはキツい。

「文句言わない！　高校生のデートならカラオケは定番ですよ！」

「こんなデラックスな部屋は使わねぇだろ」

「お姉ちゃん、歌めっちゃ上手いんですよ。奇跡《きせき》の天使ボイスです。邪悪《じゃあく》な理玖先輩なんて、聴《き》いただけでサラサラと灰になりますよ！」

「亜月がしぶとく生きてるんだから、俺は大丈夫だろ」

俺は善人じゃないが、亜月ほどあくどくはない。

彩陽の天使ボイスにはめっちゃ興味あるけどな。

「どうせ先輩、カラオケなんてろくに来たことないでしょ？」

「中学の頃《ころ》はたまにクラスの奴らと……」

「その頃はまだ普通の学校生活だったんですね。でも、中学生男子どもで盛り上がるカラオケと、女の子と二人きりでイチャつくカラオケじゃ別物ですよ。こういうのこそ経験を積んでおかないとオタオタしちゃって、うわぁこいつ盛り下がるわーとドン引きされて、デートの帰り道にＬＩＮＥしても既読《きどく》スルーされるわけですよ」

「おまえ、具体的に悲惨《ひさん》な未来図を描《えが》きすぎじゃないか……？」

「ま、今日は先輩に多くは求めません。女子と二人きりのカラオケに慣れましょう。安心してください、ここは後輩《こうはい》がきっちり歌って盛り上げてみせますよ！」

「おまえがマイク離《はな》したくないだけだろ。つーか、彩陽をカラオケなんかに連れてきていいのか？　こういう騒《さわ》がしいの苦手そうな……」

「女子に夢を見すぎですよ、先輩。姉はおとなしそうに見えますが、騒がしいのは嫌《きら》いじゃないです。騒がしいのが嫌いなら、とっくにあたしを家から叩《たた》き出してますよ」

「……説得力はあるな」

楚々《そそ》とした女子は、盛り上がるのが嫌いというのは俺の願望が入ってる気もする。

彩陽はぎゃーぎゃー騒がずに、いつも穏《おだ》やかでいてほしい、みたいな。

「だから、これもシミュレーションの続きですよ。歌うよ～♪歌いますよ～♪」

「まあ、好きにしてくれ。マラカスでも振《ふ》ってるから」

考えてみれば、彩陽をカラオケに誘《さそ》うというのも悪くないかも。

会話のネタに困っても、歌っていれば間がもつしな。

「イエー！」

流れ出した音楽に合わせて、亜月が歌ってる。

この前、ウチでシャワー浴びてたときも思ったが、亜月はメチャクチャ歌上手い。

しかも、どうやら彩陽に似せて歌ってるらしい。本当に器用なヤツだ。

「ふー、一曲目終わり。お姉ちゃんの歌声の再現は難しいんですよね。あやつ、微妙《びみょう》なクセがあって」

ふーむ……。

「………難しいなら、無理しなくていいだろ」

「へ？　いえ、でもお姉ちゃんとの嬉《うれ》し恥《は》ずかしデートのシミュレーションですから」

「亜月、普通《ふつう》に楽しみにしてくれたんだろ？　寝つけなくてクマができるくらい楽しみで。それなら、おまえも普通に楽しんだらいいだろう」

「うっ……くっ、セイラがいらんこと言うから！」

そうかな……意外とセイラは必要なことを言ってるんじゃないだろうか。

セイラが亜月がメイクしてた理由を言ってくれなかったら、鈍感でレベルが低い俺は亜月の思惑《おもわく》に気づかなかっただろうからな。

「……天国作戦、亜月ちゃんルートに入っちゃうかもですよ。いいんですか、亜月ちゃんに戻って」

「割とちょいちょい亜月ちゃんだったけどな」

ハイクオリティなモノマネを維持《いじ》し続けるのは、さすがの亜月でも難しいんだろう。

「女子と二人で歩いて、カラオケに来てるだけでも充分《じゅうぶん》経験になった。あとは、おまえにもお楽しみをやるよ」

「ほほう、後悔《こうかい》させますよ？」

　亜月は、ニヤリと悪そうな笑みを浮かべる。

「じゃあ、亜月ちゃん復活！　あたしにマイクを握らせたらノンストップ！　今日という日はもう終わったとあきらめてもらいますよ！」

「うおっ……」

　亜月は黒髪《くろかみ》のウィッグをむしり取ると、俺に投げつけてきた。

　さらに、カーディガンとワンピースも脱《ぬ》いで——って、なにしてるんだ⁉

「その……先輩《せんぱい》、あまり見ないでもらえますか？　さすがに脱いでるところを見られるのは、ちょい恥《は》ずかしいです」

「目の前で脱がなきゃいいだろ！」

「彩陽から亜月に戻るところを見せて、本物の亜月ちゃんだと信じさせないと！」

「そんなもん疑わねぇよ！　亜月は亜月だろ！」

　亜月は俺のツッコミはスルーで、黒の上下の下着姿になると、さっき買った服を取り出して着始めた。

ブラジャーに包まれた大きなふくらみと、パンツから伸《の》びる白い太もも。

思わず、ごくりと唾《つば》を呑《の》み込んでしまう。

「先輩、結局見てますね……いえ、今度ばかりはがっつり見てもらわないと」

「……普段《ふだん》は俺が見ないのわかってて、見せてたな？」

「な、なんのことすか。ああ、ここ防犯カメラはついてないらしいですよ」

「そんなもんわかってる。亜月は、別に露出癖《ろしゅつへき》があるわけじゃねぇだろ」

「そ、そんなことないですよ。あたしは先輩を困らせるためなら、乳首解放もいといませんよ！」

「いとえよ！　解放ってなんだよ！」

ネットスラングか？　たまにオタク用語も出してくるよな、こいつ。

それにしても、体型まで似てるというのもマジだな。

俺の脳に深く刻み込まれた彩陽の半裸《はんら》と、目の前の亜月の姿はシルエットがぴったり重なる。

姉妹とはいえ、双子《ふたご》でもないのにここまで似るとはな。

「うう、とんだ辱《はずかし》めです……よ、よっし、亜月ちゃん復活ですよ！」

「またパーカーかよ。どんだけパーカー好きなんだよ」

手早く服を身につけた亜月が、両手を大きく広げてなんだかウザいポーズをキメる。

学校では薄《うす》いピンクのパーカーが多いが、今日は派手なイエローだ。

しかも、珍《めずら》しくかぶっているフードにはネコミミがついている。

下は当然のようにミニ丈《たけ》すぎるスカート。

「はー、なんだか解き放たれた気分です。姉はよく、あんな男ウケ狙《ねら》いすぎな黒髪ロングとかやってられますね」

「狙ってるんじゃねぇだろ……」

俺が愛して止《や》まない黒髪ロングを愚弄《ぐろう》すんな。

「さて、気を取り直して歌いますよー。今度は亜月ちゃんのデビルボイスで！」

「もう好きにしてくれ」

亜月にも楽しんでもらいたいっていうのは、本当のことだしな。

デビルボイスとか言いつつ、亜月は素《す》で歌っても上手い。

「おっと……」

まだ彩陽擬態《ぎたい》用ウィッグを持ったままだった。

高そうだし、買い物の袋《ふくろ》のどこかに入れておこう。

彩陽の髪《かみ》を参考にしてつくったウィッグか……本物の髪みたいな手触《てざわ》りだ。

特急でつくらせた、みたいな話だったが、これだけハイクオリティな品を短期間でつくれるもんなんだな。

そういや、彩陽は一年のときから髪型《かみがた》も長さもずっと同じだな。

あの黒髪ロングの完成度は凄《すご》いから、変えないでほしいけどな。

「なにしてるんですか、先輩！　ぼーっとしてないで、盛り上げてくださいよ！　なんならデュエットとか！」

「無理言うな、歌は苦手なんだよ」

「んじゃ、歌じゃなくてもいいですよん。お姉ちゃんへの愛でも叫《さけ》んでください！」

「できるか、そんなもん！　まだ歌ったほうがマシだ！」

「もしくは――なんでお姉ちゃんを好きになったのか、言ってください」

亜月は猫《ねこ》みたいな口になって、ニヤニヤしてる。

それでいて――目が笑ってない。

「……なんだ、突然《とつぜん》」

「昔からなんですよ。あたしって昔からけっこうモテるんです」

「……そりゃそうだろう」

彩陽とはまるでタイプが違《ちが》うといっても、亜月もまた可愛《かわい》い。

「でもそれって、お姉ちゃんは無理だから、妹のあたしを狙おうって人ばかり。先輩は、なんだかんだであたしにも優しいけど、やっぱりお姉ちゃんの妹だからですか？」

「……そういう面がないって言ったら嘘《うそ》になるな。優しくはねぇだろうけど」

「あー、くそっ。主導権を握《にぎ》るってこんなつもりじゃなかったのに。この人が変に優しくするから、あたしも止まれないじゃん……」

「な、なに言ってるんだ？」

唐突《とうとつ》な話の展開に、頭がついていってない。

だが、ここで嘘をついたりごまかすのは——違う気がする。

「聞かせてください——どうして、先輩が好きなのはお姉ちゃんなんですか？」

「………………」

こんなだだっ広いカラオケルームで、マイクを通して話すようなことじゃない。

彩陽を好きになったきっかけ——

人から見れば、なんでもないようなことでも、俺には忘れがたい思い出だ。

「教えて、先輩。あたしを好きじゃなくてもいいから、嫌いじゃないなら」

「……一年の学園祭だ」

亜月が、姉の彩陽に複雑な感情を抱《いだ》いてるのはもう間違《まちが》いないだろう。

俺が彩陽に惹《ひ》かれていった話は、亜月には面白くないかもしれない。

だが、いつかは亜月にも聞かせなければならない――そう思えるくらいには、俺と亜月の関わりは深くなってしまった。

俺の彩陽への告白は、もう亜月抜《ぬ》きでは達成できない。

そんな気さえしてしまっている――

←←←←←

初めてのデートはいつだった、と訊《き》かれたら。

あたしは迷わずに高校一年の夏でした、と答えるだろう。

「ま、お相手のほうはデートと思ってなかっただろうけどね」

ふと見かけた高校生同士のカップルの姿が、遠い記憶《きおく》を呼び覚ましてくれた。

昼下がり、オープンカフェでアイスコーヒーを飲みつつ、通りかかったカップルの姿を思わず目で追ってしまう。

二人は遠慮《えんりょ》がちに手を繋《つな》ぎ、落ち着かない様子だ。まだ付き合いたてなのかも。

「あたしたちは、あんなに初々《ういうい》しくはなかっただろうなあ」

思わず苦笑してしまう。

あの日は、待ち合わせ場所からずっとぎゃーぎゃー騒いでいた記憶がある。

主に騒いでたのはあたしだけど、あの人だってけっこううるさかったよね。

ツッコミのキレ味は、あたしと話すたびに鋭《するど》さを増していったような。

ふう、とため息をつく。

あの頃《ころ》はなにをしていても楽しかった。

ただ一緒《いっしょ》に並んで歩いているだけで、ずっと笑っていられた。

たまに出る、あの人のノーデリカシーな発言は笑えなかったけど。

といっても、あたしの無神経さにはあの人でも勝てなかったけど。

なんて言ってたっけな……ああ、そうだ〝レベル上げ〟だ。

そんな口実をでっち上げて、本当は――あの頃のあたしは悪い子だった。先輩にもよく叱《しか》られたものだった。

だけど叱られることすら楽しんでたからね。あのデートでも叱られてたっけ。

「デートかあ……」

あの日、暑い中でウィッグをつけて、買い物をして回った日は本当にドキドキしていた。

たぶん、あの人には伝わってなかっただろう。

買い物してはしゃいでいるフリをしなければ、とてもではないけど間が持たなかった。

あたしには初めてのデートだったのだけど、あの人は知っていただろうか。

ねえ、先輩——

もし一度だけ過去に戻《もど》れるなら——あたしは、あの日を選ぶよ。

最後に聞いた、聞いてしまったあの話のことだけは忘れてしまいたいけれど、それでも。

だって、好きな人との初めてのデートだったんだからね。

「これ、教えてやったらどんな顔するかなあ……」

そうだ、今でもドキドキする。

メイクとスーツとヒールの女になった今でも、変わらないことはある。

あたしのしつこさをよく知ってるあの人でも、簡単には信じてくれないかも。

あなたに恋《こい》した気持ちを、何年経《た》っても忘れられずにいるってことを。

今度こそ、あなたに伝えますよ——理玖さん。

→→→→→

9　人を羨《うらや》んで、呪《のろ》っているだけの人生なんてつまらないですよ

天詞彩陽《あまつかあやひ》という女が嫌《きら》いだ。

誰《だれ》もが目を奪《うば》われる美貌《びぼう》、名門高校でトップに君臨する優秀《ゆうしゅう》な頭脳、運動能力に長《た》け、音楽や美術の才能にまで恵《めぐ》まれているという。

それでいて、高い能力を鼻に掛《か》けるところはまったくない。

いつも穏《おだ》やかに微笑《ほほえ》み、誰にでも優しく声をかけ、困っている人がいれば我が事のようにともに悩《なや》み、手を差し伸《の》べてくれる。

それらすべてが打算などなく、天詞彩陽の優しさからの行動なのだ。

よくあるような、〝天使のように見えて実は腹黒〟とか、そんな二面性はゼロ。

天詞彩陽は正真正銘《しょうしんしょうめい》の天使――

――俺が貴秀院《きしゅういん》に入学して、半年ほど疑り深い目で彩陽を見てきて出した結論だ。

「馬鹿馬鹿《ばかばか》しい……」

足元に転がっていたバスケットボールを手に取り、ゴールへ向かってシュートを放つ。

ガコン、と鈍《にぶ》い音がしてボールはボードに当たって、こっちへ戻ってきた。

ちっ、と舌打ちしてしまう。

貴秀院高校の裏庭には、なぜか古びたバスケットゴールがある。

たまに思いつきでシュートしてみても、入ったためしがない。

運動センスに自信がない俺だが、まぐれで入ったっていいだろうに。

貴秀院に入ってから、自信を失う出来事ばかりで、バスケットゴールにまで馬鹿《ばか》にされている気がする。

「うるさいな……」

さっきから、騒《さわ》がしい声がやたらと聞こえてくる。

それも当然、今日は年に一度の学園祭。

貴秀院高校の生徒は上流家庭の子女が多いが、学園祭は一般《いっぱん》公開されていて多くの客が来場する。

セキュリティ的にどうなんだろうな、それ？

ハシャぎすぎる来場者は人知れず校内から消える、なんて噂《うわさ》もあるそうだが。

ともかく、この裏庭は学園祭の喧噪《けんそう》とは無縁《むえん》だ。

もちろん模擬《もぎ》店のたぐいもないし、来場者が迷い込んでくることもない。

学園祭をサボるには絶好の場所だろう。

俺のクラスでは、教室で定番のお化け屋敷《やしき》をやっている。

準備では割《わ》り振《ふ》られた作業を黙々《もくもく》とこなし、学園祭当日の今日は一時間の当番を済ませたので、あとは教室にいなくても問題ない。

クラスメイトたちは当番以外の時間もできるだけ教室にいて、手伝っているらしい。

冗談《じょうだん》じゃない。義務は果たしたのだから、これ以上付き合う義理はないだろう。

なにより――教室には、天詞彩陽がいる。

天詞彩陽は、クラス委員でもないのにお化け屋敷スタッフのリーダーだ。

本格的なお化け屋敷はずいぶん繁盛《はんじょう》しているため、客とのトラブルも起こっているが、天詞彩陽がすべてを上手くさばいている。

その上、天詞彩陽は一年生の首席にして優等生ということで、学園祭実行委員でもないのに、運営にも関わっているらしい。

クラスの出し物を仕切りつつ、学園祭全体の運営までやってるなんて、さすがは優等生サマだ。

朝からずっと、忙《いそが》しく校内を行ったり来たりしているようだ。

天詞彩陽が教室でクラスの出し物だけ仕切ってるならまだいいが、どこに出没《しゅつぼつ》するかわからないというのが最悪だ。

迂闊《うかつ》に学園祭を見て回って、ばったり校内で遭遇《そうぐう》したりしたくない。

あいつが、校内で忙しそうに仕事しているところなんて見るのも嫌《いや》だ。

ただでさえ、あの優等生ヅラを見てるとイライラするのに。

もちろん、天詞彩陽にはなんの非もない。

それどころか、彼女は俺なんかと比べて人としてははるかに上だ。すべてにおいて。

俺は貴秀院にまぐれで合格したばかりに、成績は最下位。

すっかりふてくされて、ろくに勉強もせずに低空飛行に甘んじて、学校生活でも誰とも関わらずに孤高《ここう》を気取っている。

楽しいはずの学園祭からも逃《に》げるようにして、こんなところでサボってる。

なんとかまだ学校には来てるが、登校すらできなくなる日もそう遠くないだろう。

「それならそれでいいか。天詞の顔も見ないで済むしな」

「……わたしの顔がどうかしましたか？」

「…………っ!?」

振り向くと、そこには——もっとも見たくない顔があった。

長い黒髪《くろかみ》、きっちり着た制服、穏やかな笑顔——

「差し出がましいですけど、ちゃんと制服を着たほうがいいですよ。パーカーは、先生に怒《おこ》られちゃいます」

「……なに言ってるんだ？　俺は、いつもこんな格好だろ」

俺は見せつけるように、制服のブレザーからはみ出しているフードをかぶってみせる。

貴秀院で、シャツやブラウスの上に着てもいいのはセーターかカーディガンくらいだ。

それをわかった上で、俺はシャツの上にパーカーを着て、何度教師に注意されても毎日同じ服装で登校してきている。本物のアホだ。

同じクラスの天詞彩陽は、俺がそんなアホだって前から知ってるだろうに。

今さら、そんなわかりきったことに突《つ》っ込《こ》むとは、なんの嫌味《いやみ》だ？

「天詞、こんなところで油を売っていていいのか？　さっさと校舎に戻ったらどうだ？」

「帰るならあなたも一緒ですよ。こんなところでなにをしているんですか？」

天詞彩陽は、いつもの虫唾《むしず》が走る笑みを浮《う》かべたままだ。

いつものように――〝風堂《ふどう》くん〟などと馴《な》れ馴《な》れしく呼ばれないだけマシか。

常にお優しい天使サマも、学園祭をサボってる俺に呆《あき》れてお怒《いか》りか？

意外なところで化けの皮が剥《は》がれてくれたな、天詞彩陽――

そういえば、あの頃の——一年生の頃の俺はパーカーなんぞ着てイキがってた。

すっかり忘れていたが、校則違反《いはん》のウザ後輩《こうはい》に偉《えら》そうなことは言えない。

真面目に勉強に勤《いそ》しむようになって、服装で教師にうるさく言われる時間がもったいないのでやめてしまったが。

まあ、言わなきゃ亜月《あづき》にはバレないのだから、黙《だま》っておくか。

「あの……風堂くん？　どうかしましたか？」

「あ、いや。なんでもない」

つい、ぼーっとしてしまっていた。

目の前に彩陽がいるというのに、昔のことなんか思い出してどうする。

「悪かったな、急に呼び出して」

「い、いえ、わたしもお話をしておきたかったので。ちょうどよかったです」

彩陽と普通《ふつう》に話せるようになっているだけで、夢のようだ。

あんなに嫌っていた相手なのに——今は向き合うだけで、キモいほどときめくとは。

「ただ、どうして、ここなんでしょう？　本当に、使っていいのでしょうか？」

「大丈夫《だいじょうぶ》だ、ちゃんと許可はもらってある」

亜月とデートのシミュレーションをした翌日の月曜、放課後。

ここは——貴秀院高校の職員室。

その隅《すみ》にある相談スペースだ。机と椅子《いす》が置かれ、向き合って話すことが可能。

同じスペースが三つ並んでいて、それぞれパーティションで区切られている。

主に教師と生徒が、「指導室を使うほどでもないが、人に聞かせたくない話」をする場合に使う。

「一年のときは、よくここに座らされてたもんだ」

「そういえば……風堂くん、服装の指導で職員室に呼び出されていましたね」

「彩陽も覚えてたのか。できれば、忘れてくれ」

忘れたまま、妹さんにも黙っていてほしいもんだ。

「あ、そうです。昨日はごめんなさい。あの、亜月ちゃんとのデートの邪魔《じゃま》を——」

「それも忘れてくれ。セイラにも折檻《せっかん》はしないでくれると嬉《うれ》しい」

「せ、折檻なんてしません。あの子は表向きは使用人ですが、家族同然ですから」

「そりゃよかった。スパイだろうと、セイラは俺の友達なんでな」

セイラには言いたいことが山ほどあるが、ご主人様に責められたりすると可哀想《かわいそう》だ。

「ここからが本題だ。今日は、彩陽と学習方法について相談したいと先生に頼《たの》んで、使用許可を取った」

「学習方法……ですか？　わたしは普通に勉強しているだけなので、風堂くんの参考になるかどうかは……」

「それは方便だ。ここを使わせてもらうために、教師を騙《だま》した」

「えぇえっ！　ふ、風堂くん、先生を騙してはいけませんよ！」

「大丈夫だ、まったく疑われなかった。勉強のことしか考えてないクソガリ勉野郎《やろう》と思われているのもたまには役に立つ」

「ふ、風堂くんは誰より努力をなさってる方です。ク——そ、そんな風に思ってらっしゃる方がいるなら、わたしがお話ししてわかっていただきます！」

「彩陽にそう言ってもらえるのは嬉しい。ありがとう」

というか、今〝クソガリ勉野郎〟と言いかけたな。

彩陽の口からそんな品のない言葉が飛び出すのは新鮮《しんせん》でドキドキ——いや、ダメだな。イメージが崩《くず》れる。

「確かに、騙すのはよくない。たとえば身内に変装して人を騙したりするのもよくないな」

「特定の誰かのことをおっしゃってますね……」

俺はそれには答えず、用意してあったノートを取り出して机の上に置く。

ノートには、実際に俺が考えた学習計画が書かれている。

とある後輩から教わった。

人を騙すときは手間を惜《お》しんではいけないと。

「二年のトップ二人が会談中なら、教師も気を遣《つか》って他の席も使わせないだろう。これで周りを気にせず話せる」

俺と彩陽が話をする場合、最大の障害は言うまでもなくヤツだ。

ヤツの〝亜月ちゃんレーダー〟で見つかっては厄介《やっかい》だ。

俺が彩陽を呼び出せて、なおかつどこにでも現れる亜月をシャットアウトできる場所。

考えに考えたら、意外なところに正解があったわけだ。

ぶっちゃけ、亜月はあの校則違反スタイルで教師陣《じん》に目をつけられている。

職員室に一歩入ろうものなら、すぐさま首根っこを摑《つか》まれてお説教が始まるだろう。

教師による結界が張られていて、悪魔《あくま》は入ってこられない。

「完璧《かんぺき》だ……自分の頭脳が怖《こわ》い」

「え？　なんですか？」

「気にするな。たまに自分を過剰《かじょう》評価してみたくなるだけだ。それより……彩陽が教師を騙すのを好まないのはわかっているが、どうしても邪魔されずに話したかったんだ」

「……わかりました。わたしも、そこまで堅《かた》くはありません。風堂くんのお話、伺《うかが》います」

「助かる。それで……話なんだが」

さあ、ここからが本番だ。

今度こそ、すべてを明かして――彩陽に告る！

本当なら、ラブレターを出すと決めたときにこうなっていたはずなのに。

レベル上げだのラブレターのミッションだので、ずいぶん先送りにしてきたな……。

「今日、亜月には会ってないんだ。あいつ、昨日はどうだった？」

「え？　えーと……家に帰ってきてからはなにか考え込んでいるようでした。お夕食の間もずっとだんまりで」

「そうか……」

結局、昨日のデート――のシミュレーションは、夕方に解散した。

彩陽と出かけるとしても、一緒《いっしょ》にディナーはハードルが高すぎる。

そこまでシミュレーションする必要もない。

それと――

「カラオケに行ったんだが、ちょっとした話をしたら、あいつ全然しゃべらなくなってな。早めに解散したんだよ」

「……セイラも、デートにしては帰りが早いと気にしてました。わたしは、亜月ちゃんが早く帰ってきてくれて安心したのですが……いえっ、風堂くんを信用してなかったわけではなく！」

「そりゃわかってるって。慌《あわ》てなくていい」

彩陽のほうは、シスコンの疑いがある。

妹が男とお出かけして帰りが遅《おそ》ければ不安になってしまうだろう。

「は、はい。すみません……それで、亜月ちゃんに話したこととは……？　わたしも聞いていいんでしょうか？」

「聞いてもらうために、来てもらったんだ。亜月に話したことで——やっと、彩陽にも話す覚悟《かくご》が決まった」

「は、はぁ……」

彩陽は緊張《きんちょう》しているようだ。

あまり硬《かた》くなられると話しにくいが、今さらやっぱヤメとはいかない。

「一年の学園祭のことだ」

「一年生のときの……学園祭ですか？」

彩陽は、ちょいっと首を傾《かし》げる。

いきなり言われても、なんのことかわからないよな。

「彩陽は、一年の学園祭を覚えてるか？」

「わたしは……恥《は》ずかしながら、お仕事をしていた記憶《きおく》しかなくて……」

「ん？　そうなのか……」

確かに、彩陽はお化け屋敷《やしき》と実行委員の手伝いで校内を駆《か》け回っていた。

裏庭でのことは、彩陽にとってはたいした出来事でもなかったのかもしれない。

ちょっとガッカリだが……そのくらいは想定内だ。

「亜月に話したのは、一年の学園祭のこと――それと、その前後のことだな」

「前後……？」

我ながら面倒《めんどう》な話だが、亜月に一度話したからか、整理してざっくりと説明できた。

俺がまぐれで貴秀院に合格して、成績がずっと低空飛行していたこと。

学園祭をサボっていたところに――一人の女の子が現れたこと。

「ふてくされていた俺は、彼女に八つ当たりしてしまった。元から彼女のことが嫌《きら》いだった。学園祭でも実行委員をやって、クラスの出し物の中心にいて。俺は、そんな彼女への妬《ねた》みを隠《かく》しもせずにぶちまけた」

学園祭の喧噪《けんそう》が遠い裏庭――

そこにふらっと現れた、学校一の才女。

彼女はなぜか妙《みょう》にフランクに俺に話しかけてきて——それだけで、俺はキレてしまった。

入学して半年以上、たまりにたまっていた不満をすべて彼女にぶつけてしまった。

身の丈《たけ》に合わない学校に入学してしまったがゆえの地獄《じごく》。

あの後輩みたいな言い方をすれば、推奨《すいしょう》レベルに合わないダンジョンに挑《いど》んで、強敵にエンカウントしては命からがら逃《に》げ回ってたようなものだ。

一方で、俺の真逆にいる彼女の成績、才能、境遇《きょうぐう》への妬みと嫉《そね》み。

なぜ、俺はあんなひどいことが言えたのだろう。

彼女にはなんの罪もないのに、思いつく限りの罵《ば》倒《とう》と自虐《じぎゃく》をぶつけた。

まるで、彼女に呪《のろ》いをかけるかのように——


『人を羨《うらや》んで、呪《のろ》っているだけの人生なんてつまらないですよ』


俺が言いたいだけ言って、そのまま黙り込んでしまったら——

彼女は当たり前のように、そんなことを言ってきた。

『それに、どうすればいいのかなんて、あなたにだってわかっているはず。わかっているなら、あとは行動するだけです』

　彼女は、俺の背中をぽんと叩《たた》いて笑みを浮《う》かべ――

『下を向いてばかりでは退屈《たいくつ》です。笑われたっていいから、前を向いてやりたいようにやればいいと――そう思います』

　それだけ言って、何事もなかったかのように裏庭から去って行った。

　これが、俺の学園祭のただ一つの思い出――

「……そうだ、俺はどうすればいいのかなんてわかってた。妬んで恨《うら》んで呪っていても、俺はずっと今のままだ。いや、堕《お》ちていく一方だ。そんな自分が嫌《いや》なら――高いところを目指すしかない」

「風堂くん……」

「俺は、そう言ってくれた彼女に勝つことにした。彼女を呪うのも恨むのも止《や》めるには、彼女を越《こ》えるしかないと思った。下から見上げるんじゃなくて、彼女の隣《となり》に――」

「風堂くんは……その、その方のことが……す、好きなのでしょうか？」

「……い、いや、そういうことではなくてだな。ただ、彩陽に勝とうと思ったきっかけについてな。それに、約束のこともあるし――」

「……はい？　え、ちょっと待ってください、風堂くん」

「なんだ？」

「あの、間違《まちが》っていたら申し訳ないのですが……今の学園祭のお話、風堂くんを励《はげ》ましたという方が……わたしだということですか？」

「…………っ⁉」

ここまで詳《くわ》しく説明しても思い出さない……？

というか、なんの話だと思って聞いてたんだ、この天然さんは。

俺にとっては大事な思い出だが、彩陽には記憶にも残っていない？

約束のことはともかく――あれだけ罵詈《ばり》雑言《ぞうごん》をぶつけられて、忘れられるものか？

「お、覚えてないのか？」

「ご、ごめんなさい。ですが……去年の学園祭は休憩《きゅうけい》もなくて、お昼をいただく時間もなかったくらいで……裏庭に行く時間はなかったと思います……けど」

「…………………」

「そもそもわたし、たぶん入学して一度も裏庭には行ったことがないかと……」

言われてみれば、確かにおかしい。

彩陽は、クソがつくくらい真面目な性格。

仕事を抜《ぬ》け出して、裏庭にサボりに来るなんて天地がひっくり返ってもありえない……。

「はろー、先輩《せんぱい》、お姉ちゃん」

「うおっ⁉」

いつの間にか、俺の隣に女子生徒が一人座っていた。

勝手に隣のブースから椅子《いす》を持ってきたらしい。

「あ、亜月ちゃん……？　どうしたんですか、その格好は？」

「え？　お、おまえ……亜月なのか？」

「どこからどう見ても亜月ちゃんじゃないですか。くるりんっ★」

その亜月っぽい女子生徒は立ち上がると、くるりと一回転した。

いつもの校則違反《いはん》パーカーはどこへやら、きちんと白いブラウスにおとなしい水色のベストという格好だ。胸元のリボンまで丁寧《ていねい》に結んである。

スカートも膝丈《ひざたけ》で、必要もないだろうにタイツまではいている。

「……髪《かみ》はいつもの色なんだな」

「この髪、地毛ですもん。学校にも届けを出してますよ」

クセのある茶色の髪は、今日は結ばずにそのまま下ろしている。

色や髪質《かみしつ》が生まれつきなら、うるさい教師でも文句のつけようがないだろう。

「しかも、オン・ザ・眼鏡ですよ。これで賢《かしこ》い子に見られますね！」

「その発想がアホだが……ここまで来ると変装だな……」

黒縁《くろぶち》眼鏡までかけて、こんな格好をしているとまるっきり別人だ。

職員室の先生方も一年生の問題児だとは気づかなかったに違《ちが》いない。

くそ、絶対的な結界を張ったつもりが、こんな方法であっさり突破《とっぱ》されるとは！

昨日はおとなしく帰ったくせに、今日はすっかりいつもどおりじゃねぇか。

「というわけで、あたしにはアウェイのこんなトコでもいつもどおり先輩とイチャコラできますよ！」

「あっ、おまえ……！」

真面目くさった格好の亜月が、まったく不真面目な行動に走った。ぎゅっと抱《だ》きついて、その豊満な胸を押しつけてくる。91センチが……！

「ああ、失礼。先輩、どうぞお話の続きを」

「こんな状態でできるか！　せめて離《はな》れろ！」

好きな相手の妹に抱きつかれながら告白とか、もはやイヤガラセだろ。

「……まったく、ちょっと目を離した隙《すき》にお姉ちゃんに挑むなんて。先輩、まだラスボスに勝てるレベルじゃないですよ」

「そうかもしれないが……ラストバトルの戦略も研究しないと。負けたら終わりじゃねぇんだから、挑んでみたっていいんじゃないか」

「先輩……また勢いで行動してますよ。しまったな、あたしが余計なことを訊《き》いたせいですね」

ボソボソと、亜月とささやき合う。

どうやら後輩《こうはい》にも見抜《みぬ》かれたようだ。

俺が彩陽を好きになったきっかけ――それを亜月に話してしまったせいで思い出したんだ。

死に物狂《ぐる》いで努力することで、彩陽に近づこうとしていた頃《ころ》の気持ちを。

レベルを上げれば楽にボスに勝てるかもしれないが、俺は敗色濃厚《のうこう》だろうと彩陽に直接ぶつかりたいんだ――

「あの、亜月ちゃん？　今、風堂くんが真剣《しんけん》にお話をされてるところなので、邪魔《じゃま》をしては……いてもいいですが、おとなしくしていてください」

「はーい」

いや、悪いがいなくてもいいんだぞ。

とりあえず、亜月を強引に引き剝《は》がす。

俺の大胆《だいたん》にして不敵な〝職員室で告白作戦〟がこんな形で頓挫《とんざ》するとはな。

「おまえ、あのパーカー姿にはよっぽどポリシーがあると思ったのに、あっさりやめやがるんだな」

「面白くなるなら、ポリシーなんか犬に食べさせますよ！　こういうときのために、優等生コーデもロッカーに常備してありますから！」

「この前のウィッグといい、準備には手を抜かないよな……」

そして、今度は真面目女子に擬態《ぎたい》してご登場か。変なところで芸達者だからタチが悪い。

しかも、本人の言うとおり準備も抜かりないから余計に——


「…………っ⁉」


ぞくり、と背筋が凍《こお》りついたような悪寒が走る。

まるで、テスト終了《しゅうりょう》間際にマークシートを一段間違っていたことに気づいたような。

今——俺、怖《こわ》いことを思いつかなかったか？

「え？　ちょ、ちょっと先輩、どうしたんですか？　凄《すご》い汗《あせ》ですよ？」

「ふ、風堂くん？　大丈夫《だいじょうぶ》ですか？　保健室、行きますか？　いえ、ウチのドクターをお呼びして——」

「い、いや、病気とかじゃない。それより……あのな、亜月？」

心臓は、今にも破裂《はれつ》しそうなほど高鳴っていて、マジで心停止してしまいそうだ。

「おまえ、昨日彩陽に化けたとき、ウィッグをつけてたよな？」

「え？　ええ、いいデキだったでしょう。お姉ちゃんの髪をサンプルにしてつくっただけあって、髪質まで再現されてましたよ」

亜月はドヤ顔で胸を張る。

それだよ、それがおかしい。

亜月は特急でつくらせたみたいなことを言って、俺も納得してしまっていたが。

俺も実際に触《さわ》ったから、あのウィッグのクオリティは理解してる。

あんなもん……数日やそこらでつくれるもんなのか？

俺はウィッグには詳しくないし、天詞家の財力のことも知らない。

もしかしたら、普通《ふつう》にできるのかもしれない。

だが――その些細《ささい》な引っかかりが新たな疑惑《ぎわく》を呼んでいく。

俺との学園祭の思い出をまったく覚えてない彩陽。

完璧《かんぺき》な彩陽の変装でデートに現れた亜月――

たいして気にもかけていなかったが、学園祭のときに彩陽は俺の名前を呼ばなかった。

入学直後からずっと、〝風堂くん〟――そう呼んでくれているのに。

もしかすると、あの彩陽は——俺の名前を知らなかったんじゃないのか？

「ふ、風堂くん？　どうかしたんですか？」

「せ、先輩？　やっぱ、どっか悪いんじゃ……？」

俺が立ち上がり、姉妹の顔を交互《こうご》に見つめると二人は本気で不安そうな表情を浮《う》かべる。

「亜月、おまえ……」

「え？　あたしですか？」

「学園祭で俺が会った天詞彩陽は——おまえだったんだな」

「あ………」

亜月が息を呑《の》んで驚《おどろ》きの表情を浮かべ——そこには、怒《いか》りもまざっているように見えた。

今さら、なにを言ってるんだ——みたいな？

そうだ、ふてくされた俺を立ち上がらせてくれた、あの黒髪《くろかみ》の美しい少女は。

俺が心から勝ちたいと、勝って告りたいと思わせてくれた彼女は。

彩陽《あね》ではなく、亜月《いもうと》だったんだ——

10　残念、亜月《あづき》ちゃんでした

先輩と二人で話したいです——

いつもなら嫌《いや》な予感しかしないので、迷わず断る申し出だが、さすがに今はそんなこと言える雰囲気《ふんいき》じゃない。

俺と亜月は職員室を出て、当然のように裏庭へとやってきた。

毎度のことながら裏庭に来る物好きは、俺たちくらいしかいないらしい。

亜月は、ポケットから取り出したアメ玉を口に放り込んだ。

「ふー、糖分が身に染みる。この格好は消耗《しょうもう》が激しいですね。もう人の形を維持《いじ》するのも辛《つら》かったですよ」

「真面目にやってると溶《と》けるのか、おまえは？」

亜月は眼鏡を外し、ブラウスのボタンも大胆にいくつも外してしまう。

「どうも、パーカーを着てないと上手くバランスが取れない気さえするんですよ」

「普段《ふだん》は身体《からだ》と一体化してんのか、あのパーカー。どんだけパーカーが——って、もしかして……？」

「気づくの遅《おそ》すぎですよ、先輩」

ニヤリ、と亜月は邪悪《じゃあく》な笑みを浮かべる。

「校内のアウトローを気取るならこの格好だって、去年の学園祭で亜月ちゃんブレインに刻まれたわけですよ。まねっこ好きですしね、あたし」

「彩陽《あやひ》のモノマネばかりしてると思ったら、知らない間に俺のマネまでしてたのか……」

俺自身、パーカーをまったく着なくなってたんで気づかなかった。

というか――

「学園祭で俺に声をかけてきた彩陽は、亜月――でいいんだな？」

「前に言いませんでしたっけ？　お姉ちゃんは嫌《きら》いだけど、ある意味世界で一番気になる人だったんですよ」

「言ってたな、そんなこと」

「学園祭に行けば、そんな気になる人の家では見ない顔が堂々と拝めるんです。そりゃ行きますよね」

「…………」

はっきりした答えになっていないが、答えたのと同じだ。

「つーか、行くなら普通に行けよ。なんで変装したんだ？」

「お姉ちゃんは貴秀院《きしゆういん》のみなさんと普段どんな話をしてんのかなって。自分で確認してみるのが、一番でしょ？」

「おまえから見れば、みなさんは全然知らない人ばかりだろ。話なんてできるのかよ」

「あたしは調子を合わせるの得意ですし。もし困ったら、ニコニコしてればいいんですよ」

「度胸がよすぎる……」

「奇遇《きぐう》なことに、手元になぜか彩陽ウィッグもありましたしね。先輩《せんぱい》の推理どおり、あのウィッグは前々から持ってたものです」

「奇遇じゃなくて、学園祭に潜《もぐ》り込むためにつくってあったんだろ……」

学園祭の開催日《かいさいび》は早くに決まっているから、それに合わせてウィッグを発注できたんだろう。

「ただ、ちょっと誤算がありまして」

「彩陽はクラスの出し物も、学園祭の運営もやってたんだから、あちこちで仕事のことを訊かれたんだろ？」

「さっすが二年生のトップ。かしこさ99は伊達《だて》じゃないですね、先輩」

そんなもん、考えるまでもなくわかるけどな。

「トラブルの相談とかされても、あたしにわかるわけないですからね。ニコニコしてても解決しないしで、困りましたよ。困って、人のいないほうへいないほうへと」

「そこに、パーカー姿のサボリ魔《ま》がいたわけか……」

「びっくりしましたよ。わかりやすく荒《すさ》んだ目をしてたんで。へー、のんきなお坊《ぼっ》ちゃんが多い貴秀院にもこんな腐《くさ》った人がいるんだ。珍獣《ちんじゅう》だなーとか」

「えらくひどいことを思われてたんだな……」

事実すぎて、鋭《するど》いツッコミを入れられないのが辛い。

「お姉ちゃんの知り合いだっていうのは、独り言のおかげですぐわかりましたしね。こんな珍獣さんは、姉をどう思ってるのか興味津々《きょうみしんしん》でしたよ」

「亜月の好奇心《こうきしん》は充分《じゅうぶん》に満足させたんじゃないか？」

あの頃の俺以上に、彩陽に暗い感情を持った生徒はいなかっただろう。

「ちょっと話しただけで、あなたがあたしの同類だっていうのはすぐにわかりました」

「……同類？」

亜月はコロコロとアメ玉を舐《な》めながら、珍《めずら》しく穏《おだ》やかな微笑《ほほえ》みを浮かべる。

「天詞《あまつか》彩陽だって、さすがに万人に愛されるわけじゃありません。あの優しすぎる性格、優秀《ゆうしゅう》すぎる才能を憎《にく》む人だっていますよ。そういう人を、何人か見てきました。でも、あなたは重症《じゅうしょう》でしたね」

「半年ほど妬《ねた》み嫉《そね》みをこじらせてたからな。一度話しただけのおまえに、そこまで見抜かれるとは思わなかったが」

「あたしは年季が違《ちが》うんですよ。物心ついた頃《ころ》から姉を妬んできたんですから。いつも周りはお姉ちゃんのことばかり。デキの悪い次女はほったらかし。それでいて、その姉だけは不肖《ふしょう》の次女にも天使みたいに優しいんですよ。ムカつきますね」

「……もっと素直に生きれば楽なんじゃないか？」

「先輩にだけは言われたくないなあ。ま、学園祭で会ったパーカー男子は、ずいぶんと姉への恨《うら》みをためこんでいて、それが無意味な逆恨《さかうら》みだって知ってて、どうしようもできなくて——要するにあたしと同じだなと思ったんです」

「………………」

まったくそのとおりだが、亜月とは立場が違う。

生まれてからずっと、姉への屈折《くっせつ》した思いを抱《かか》えていたこの後輩《こうはい》と比べれば、俺の妬みなんて笑えるレベルだろう。

「あのとき、おまえは俺を励《はげ》ますようなことを言ったな。落ち込んでないで前を向け、みたいなことを」

「先輩はあたしに——じゃない、お姉ちゃんに勝つとか言い出しましたね」

「普通なら俺より圧倒《あっとう》的に上にいる奴《やつ》に頑張《がんば》れなんて言われても、ムカつくだけだろうがな。でも、あのときは——本気で俺を励ましてくれてると思ったんだよ」

彼女は上から目線ではなく、対等な立場から俺にエールを送っていると直感した。

だからこそ俺は彩陽の——亜月の言葉で、立ち上がることができた。

彩陽に勝って告ろうと思うほど、彼女への気持ちは真逆の方向に変わったんだ。

妬みと憎しみから、尊敬と好意へ。

感情ってやつは、それが激しいほど別の方向へも流れやすいのかもしれない。

「本気で言いましたもん。あたしはね、ずっと姉を妬んできたけど、それが間違《まちが》ってることはわかってたんですよ。裏庭にいた先輩は、間違い続けてる自分を見るみたいでした。だから、せめてこの人だけは——あたしみたいにならないでほしいって」

亜月は不意に、転がっていたバスケットボールを拾った。

「てやっ、3点シューーッ！」

バシュッとネットを揺《ゆ》らしてボールが通り抜《ぬ》ける。

亜月はピースなどして、ウザいドヤ顔をキメてきた。

「彩陽（ニセ）からのありがたいお言葉は、見事に先輩の心を貫《つらぬ》いたようですね。といっても、あたしもやられちゃったみたいで」

「やられた？」

俺は近くに転がってきたボールを拾って、シュートしたものか悩《なや》む。

外したら、またウザ顔されそうなんだよな……。

「名前も知らないパーカー男は、どうしただろうって気になって気になって。お姉ちゃんに勝つのは無理だろうけど、そんな無茶を言い出したのはあの場の勢いだけだったのか。ぽろっとセイラに漏《も》らしちゃって、パーカー男の名前とか調べてくれましたよ」

「……セイラが俺のスパイになったのは、おまえがきっかけだったのかよ」

「名前以上のことは聞きませんでしたよ。セイラは自主的にスパイ活動を続けてたみたいですが」

「おかしな報告が行ってなかったなら、なによりだ」

「自分の目で確かめようと思ったんです。進路は悩んでいましたが、貴秀院に決めました。あたしが気になる人間はこの世に二人だけで、二人とも貴秀院にいるんですもん。亜月ちゃん、受験勉強頑張りました！」

「その頑張りを家庭教師でもよろしくしたいところだな……」

このあと、亜月の家庭教師に復帰するのか怪《あや》しいもんだが。

「で、入学してみればパーカー男こと理玖《りく》先輩は恐《おそ》ろしいほどの執念《しゅうねん》でお姉ちゃんに追いつきつつあって、この前のテストでとうとう追い抜いちゃうという」

「客観的に見ると、執念深すぎて怖《こわ》いな。彩陽には聞かせられない話だ」

「そうです、怖いですよ。あたしは、受験勉強は死ぬほど頑張りました――でも、そこまでです。入学してすぐにわかりましたよ。あたしは、来ちゃいけないところに来たって」

「そりゃ、あきらめが早すぎるだろ」

「聞いたこともない横文字、展開が読めない数式――教室で耳にするのは同じ言語なのに少しも理解できない会話ばかりでした。置いてけぼり感凄《すご》かったですよ。でも、あたしはこの感覚を知ってました。たった一つ違いの姉にどんどん置いていかれた感覚を、小さい頃からのどうしようもない焦《あせ》りを覚えてましたから」

　確かに貴秀院では、教室でも優等生たちが優等生らしいＩＱの高い会話をしている。

　俺も正直、入学から半年ほどはそれがカンに障《さわ》ってしょうがなかったが――

「どいつもたかが高校一年だ、高尚《こうしょう》に聞こえる会話もよく聞けばどこかで聞きかじった浅い話ばかりだぞ。亜月も、一年の学年トップもたいして変わらん」

「先輩もあたしと同じ感覚を味わったはずです。だから、そんなことが言えるんですよね。でも――あたしは違う。あたしは周りに――いえ、姉に勝とうなんて思ったことは一度もないんです。だから、先輩が気になってしょうがなかった」

亜月は、ぎゅっと拳《こぶし》を握《にぎ》り締《し》める。

「姉と勝負すらしなかったあたしと比べて、この人の怖いくらいの凄さはなにかなって」

「……あまり、おまえから敬意を感じた覚えはないんだがな」

入学してからこっち、亜月の俺への態度はウザ絡《がら》みばかりだった。

そのウザい笑顔の裏で、この後輩《こうはい》はなにを思っていたんだろう。

「でも、先輩が見てるのはお姉ちゃん。当然ですよね、目が死んでた先輩を生き返らせたのは〝天詞彩陽〟なんですから」

「……そうだ。俺を生き返らせたのも、俺が目標にしたのも──彩陽だ」

俺がずっと見てきたのも天詞彩陽。

学園祭からずっと、彼女に向けてきた気持ちはまぎれもなく本物だ──

「ええ、わかってました──だから言えなかった。あたしは、あまりにもお姉ちゃんとは違いすぎる。先輩とも違いすぎる。だから、あのときの、学園祭のときの天詞彩陽が本当は誰《だれ》だったのかなんて……言えませんでした。この図々しい亜月ちゃんにだって言えないこともあるんです」

へへっ、と亜月は笑いながら遠くを見るような目をする。

そうだな、亜月が最初から学園祭のときの真相を話していれば、こんなややこしいこと

にはならなかった。

だけど、そのことで亜月は責められない。

言えなかったということこの後輩の気持ちがわからないほど、俺も鈍《にぶ》くはないから。

「おっと、だいぶ話が逸《そ》れちゃいましたね。アメもなくなっちゃいましたよ」

「なんの話をしてたんだったか……？」

「だから、学園祭で先輩に偉《えら》そうに説教を垂れたのは誰だったかって話ですよ」

亜月は、少しだけ困ったように笑うとくるりと後ろを向き――

そんな笑顔だけをこちらに向け、子供みたいにぺろりと舌を出して。

「残念、亜月ちゃんでした――」

◆◆◆

あ、この野郎《やろう》、パーカー着てない。

最初に思ったのは、そんなどうでもいいことだった。

死ぬかと思うほどの受験勉強をして、なんとか潜り込んだ貴秀院高校。

あたしはふてぶてしくも、入学式にパーカーを着ていって、先生方はもちろん周りの同級生たちもドン引きさせた。

つーか、そんなことで驚《おどろ》くなよ、坊《ぼう》ちゃん嬢《じょう》ちゃんども。

あたしもかなりのお嬢ちゃんではあるけど、本来はあんたらとは別の生き物なんだよ。

このご時世に、末は博士か大臣かなんて進路を本当に選べちゃうようなＩＱ高い連中とはまざり合うはずもなかったのに。

姉に化けて学園祭なんかに行ったのが運の尽《つ》き。

気になる人を見つけてしまい、彼に会うためにあたしはやりたくもない猛勉強《もうべんきょう》をして、この学校に入った。

「おい、そこの一年。教室はそっちじゃないぞ」

周りから浮《う》きまくった入学式が終わって、あたしは教室に行く気もせずに校内をぶらぶらし始めた——と思ったら、いきなり声をかけられた。

おいおい、名門校のお坊《ぼっ》ちゃんって要するに陽キャか？

軽そうで可愛《かわい》い新入生女子を見たら、声をかけずにいられないってか？

「ハア？」

最大限の面倒《めんどう》くさそうな声で応えて、そいつのほうを振《ふ》り向いてみたら。

あ、この野郎、パーカー着てない。

まず、そう思っちゃったんだよ。

だって、あの人だったんだもん。

姉を妬《ねた》んで恨んで壊《こわ》れかけだったくせに——姉に勝つなんて言い出した馬鹿《ばか》な人。

正直なところ、あたしは半年ぶりに見た姿に、驚きを押し殺すので精一杯《せいいっぱい》だった。

学園祭のときとは違ってちゃんと制服を着て、目つきも荒《すさ》んでない。

むしろ、あの裏庭での姿が嘘《うそ》みたいに、目に知性が感じられた。

あたしに似てると思ったのに——今や理知的で、どちらかというと姉に近い。

たった半年ほどで、人はこんなにも変われるものなのか。

あたしは十五年以上も姉を妬んで恨むだけで、なにも変われなかったのに。

「ハァ、じゃねぇよ。まさか、帰る気だったのか？　まだ教室で説明とか教科書の受け取りとかあるんだよ」

「…………」

「なんだ？」

あたしが、じろじろ見ていることに気づいたみたいだ。

ていうか、この人はあたしがあのときの天詞彩陽だってことには気づいてない。

いくらあたしの変装が完璧《かんぺき》だったからって、「どこかで会った？」くらいは言えよ、この鈍感野郎《どんかんやろう》。

でも、そんなこと言わない。逆に、にっこりと可愛い笑みを浮かべてみせる。

「あはは、すみません！　入学式、緊張《きんちょう》しちゃって！　教室行く前に、ちょっと外の空気を吸いたくなったんですよ」

「緊張するタイプには見えねぇけどな。そのパーカー、ヤバいぞ」

「ちょっとイキがってみたんですけど、失敗ですかね。黒歴史になっちゃうな。あ、先輩《せんぱい》、教室に案内してもらえます？」

「図々しい一年生だな……名前は？」

「亜月ちゃんとお呼びください！」

もちろん、先輩は嫌《いや》そうな顔をした。初対面の女子を名前で呼べるタイプじゃない。

これがあたしの、最初の先輩へのウザ絡みだった。

風堂《ふどう》理玖先輩、あたしはあなたの名前を訊《き》きませんでしたよ。このあとも、一度もね。

でも、あたしは先輩の名前を知ってました。

だって、先輩に会うためにこの学校に入ったんですからね。

◆◆◆

11　あたしが関係ないところで、終わりにしないで

何事もない一日が、何度も過ぎていく。

目が血走ってるとまで言われる真剣《しんけん》さで授業を受け、休み時間も問題集を広げ、昼休みに購買《こうばい》でパンを買う。

学園祭の真実が明らかになってから、数日――

拍子抜《ひょうしぬ》けするほど、特になにも起きていない。

天詞《あまつか》姉妹とは言葉を交わすことはない。

彩陽《あやひ》とは元からほとんど話はしなかったし、学年が違《ちが》う亜月《あづき》はどちらかがその気にならなければ、顔を合わせることすらない。

セイラとは普通《ふつう》に話すが、彼女が仕えるお嬢様《じょうさま》たちのことは一切話に出てこない。

なにも起きないのがもどかしい。どうしようもない焦りを覚える。

それでも、俺がなにをするべきなのか判断できない。情けないことに。

彩陽に対してはテストで勝つ、告る――自分からアクションを起こしてきた。

だが、亜月は――いつもあいつのほうから一方的に絡まれるだけだった。

今は、その彩陽と亜月、どちらと向き合うべきなのか……それすらわからないのだ。

ああ、そうだ。今日は、この数日の間で一つだけ変化が起きている。

教室に、天詞彩陽の姿がない。

俺が知る限り、彩陽は皆勤賞《かいきん》だった。

優等生は健康管理も怠《おこた》らない——とはいえ、体調を崩《くず》すことくらいあるか。心配だな。

俺は購買で買ってきたパンを食べ終えると、教室を出た。

まだ昼休みはたっぷり残ってる。

普段《ふだん》なら、もちろん昼休みは勉強に費やす。むしろ、パンを食いながら勉強するレベル。

だが、今日はなんとなくそんな気分にならなかった。

教室を出て階段を下り、ふと足を止める。

本校舎一階の廊下《ろうか》——ここは、定期テストの結果が貼《は》り出される場所でもある。

今はもう六月半ば。

中間テストから一ヶ月ほどが過ぎ、結果発表からも時間が経過している。

当然、テスト結果はとっくに剝《は》がされてしまった。

風堂理玖《ふどうりく》の栄光よ、さようなら。

彩陽に勝利した記念すべき日は、今や遠い昔のことのように感じられてしまう。

「……待て」

俺は、なにもなくなった壁《かべ》をバンと叩《たた》く。

なにをしみじみと過去に浸《ひた》ってるんだ、俺？　ここにはなにもないぞ？

彩陽にだったらアクションを起こせるなら――そこから始めればいいんじゃないか？

そうだ、連絡《れんらく》先も交換《こうかん》したのだし、見舞《みま》いに行くという口実だってあるだろ――？

「せ……先輩！」

「…………？」

自分のくだらない迷いを叩き潰《つぶ》していると――不意に呼びかけられた。

横を振り向くと、クセのある茶色の髪《かみ》にパーカー、きわどいミニスカの女子がいた。

顔を真っ赤にして、まるで俺を睨《にら》むような目をしている。

「先輩、お話があるんですが、いいでしょうか！　この前の学園祭のことで――」

「……なにしてるんだ、彩陽？」

「なっ……!?」

かぁーっとさらに顔を真っ赤にするパーカー女子――いや、天詞彩陽。

「ど、どうしてわかったんですか!?　それも一目で……！」

「全然違うじゃねぇか。そのウィッグも、亜月の髪質《かみしつ》とはちょっと違うな」

「ええぇ……確かに急いでいただきましたけど、亜月ちゃんがウィッグを注文したのと同じ業者さんにお願いしたのに……」

「亜月はこだわり派だからな。あの彩陽ウィッグは相当に時間をかけてつくらせたんだろ」

声はそこそこ似せていたが、立ち振《ふ》る舞《ま》いや表情も亜月とはまるで違う。

少なくとも、モノマネに関しては妹に軍配が上がる。

「お、おかしいですね……ここに来る途中《とちゅう》で、一年生の先生がわたしを亜月ちゃんだと思って声をかけてきたんですが……」

「その教師は、ろくに生徒を見てないな。天詞の権限でクビにしたらどうだ？」

「そ、そんな権限はありません！　ちょ、ちょっと場所を移しましょう」

彩陽は、ぱっと俺の手を取ると歩き出した。

女子が男子の手を引いているが――周りの生徒たちも、特に気に留めていないようだ。

「こ、ここでいいでしょうか」

「……まあ、いいんじゃないか」

俺たちは靴《くつ》に履《は》き替《か》えて、中庭にやってきた。

中庭の、それも隅《すみ》のあたり。昼休みなので中庭には飯を食ったり、わいわいダベってる生徒も多いが、隅にいる俺たちなんか誰《だれ》も注目していない。

しかし、これ……あらためて見ても凄《すご》いな。

ウィッグとパーカーはともかく、きわどいミニスカが……亜月とまったく同じ足に見えるが、真っ白で肉づきが薄《うす》い割にむちむちと弾力《だんりょく》がありそうなのが凄い。

「あの、風堂くん……？」

「あ、ああ、なんでもない。それで、この有様《ありさま》はどうしたんだ？」

「言い方に悪意が……よく亜月ちゃんはこんな格好でお外に出られます……」

彩陽はきわどいミニスカートが気になるらしく、ぐいぐい裾《すそ》を引っ張っている。

その仕草がさらに可愛さを増していることに、本人は気づいていないらしい。

「というか、休みだと思ったら、面白おかしい格好で現れるし、彩陽らしくないな」

「面白おかし……けっこう意地悪ですよね、風堂くんは」

むーっ、と彩陽に睨まれる。天使は目を三角にしていても可愛い。

「やっとウィッグが届いたのですが、この格好で人前に出る勇気がなくて、お昼まで動けなかったんです。なんとか、勇気を振り絞《しぼ》って登校しました」

「そこまで勇気を出して、亜月に擬態《ぎたい》する理由がわからんのだが……」

少なくとも彩陽が数日間なにも動かなかったのは、ウィッグ待ちだったらしい。

「い、意味はあるんです！　わたしはわたしであって、亜月ちゃんでもあるんです！」

「…………」

やっぱりよくわからんが、彩陽の天然が炸裂《さくれつ》してるらしい。

「セイラもそれはいいアイデアだと、服の用意なんかを手伝ってくれました」

「そ、そうか」

たぶんだが、セイラはお仕えするお嬢様で遊んでないか？

「笑ってくれてもいいです！　でも、こうでもしないと風堂くんと向き合えなくて――」

彩陽は、ぐっと近づいてくる。

その豊満な二つのふくらみが、俺の胸に当たりそうなほどの近さだ。

「亜月ちゃんは、わたしに化けて風堂くんとお話をして……あなたの人生を変えてしまいました。いえ、変えたなんておこがましいでしょうけど、それでもわたしと亜月ちゃんは風堂くんを変えた責任を取らないと――」

「……ふざけるなよ」

「え……？」

彩陽が、びくりと身体《からだ》を強張《こわば》らせる。

「この学校に入ってずっと腐《くさ》ってた俺が立ち直れたのは、彩陽の――亜月のおかげだ。亜月には、感謝しかねぇんだよ。責任？　本当におこがましい話だな」

「ご、ごめんなさ——」

「謝るな！　おまえにも今は感謝しかない。彩陽っていう目標があったから、俺は立ち直れたんだ。あまりにも高すぎる目標で——だからこそ、目指したいと思えたんだよ」

「ふ、風堂くん……」

俺は、がしっと彩陽の両肩《りょうかた》を摑《つか》む。

「彩陽に追いつこうとすればするほど、おまえがどれだけ遠くにいるかわかった。彩陽がどれだけの代償《だいしょう》を払《はら》って、その高みにいるのかわかった気がした。そんなおまえを追いかけることで——死んだようだった俺が、生き返れたんだ」

ああ、俺はもう止まれない。

目の前にいるのは雑な変装をしていようが、彩陽だ。

「きっかけがなんでも、俺が学園祭の日から今日まで見てきたのはおまえなんだ」

「でも、それは亜月ちゃんで——」

「俺が好きなのは、おまえなんだよ!!」

「…………っ！」

彩陽の肩を摑んだまま、まっすぐに彼女の目を見て、誤解のしようがないほどはっきりと――告げた。

ああ――やっと、約束どおり言えた。

ラブレターが普通に届いていれば、もうとっくに伝わっていたはずの気持ちだ。

ずいぶん遠回りをした――いや、亜月がおかしなイタズラをしたり、家庭教師をしたりデートをしたり、短い間に立て続けに天詞姉妹と深く関わったからこそ、ここまで来られたんだ。

「あ、あの……風堂くん。わたしは……わたしは、たぶんあなたを……」

「待って！」

「…………っ⁉」

突然《とつぜん》響《ひび》いた声の主は、彩陽ではなかった。

振《ふ》り向くと、もちろんそこにいたのは――亜月だった。

息を弾《はず》ませ、クセのある髪が乱れてしまっている。

「待って、答えないで。まだ終わりにしないで。だって、あたしの思い出だよ。あたしが先輩《せんぱい》と出会って始まったんだよ。あたしが関係ないところで、終わりにしないで」

「亜月ちゃん……」

「亜月、おまえなんで――」

と言いかけて、俺は気づいた。

中庭にいた生徒たちが俺たちを囲むようにして、ざわざわと騒《さわ》いでる。

めちゃくちゃ注目を浴びてる……。

みんな、さすがに俺たちから距離《きょり》は取っているものの、シリアスな話をしているのはバレバレだろう。

さっきの俺の告白、周りにも聞こえたんじゃないか……？

これだけ二人の世界をつくってりゃ注目もされるし、亜月だって異変に気づいて現れるよな……。

しかも今ここには、天詞亜月が二人いる――って状況《じょうきょう》だ。

「ね、ねえ、先輩。レベル上げなんて普通は退屈《たいくつ》ですけど、あたしは楽しかったですよ。おおげさに言えば、人生ってこんなに楽しいんだって思っちゃうくらい。充分《じゅうぶん》レベル上がっても、魔王《まおう》なんて倒《たお》さずに続けたくなるくらい」

「……ああ、そうだな。楽しかった」

「レベル上げ……？」

俺はそう答え、彩陽は不思議そうに首を傾《かし》げている。

「そうですよ、魔王なんて倒さなくていいじゃないですか。楽しい仲間と楽しい旅を続ければいいんです。倒しちゃったら、冒険《ぼうけん》は終わるんですよ。いいえ、現実は終わりませんけど、今の楽しい時間は戻ってきません」

「亜月、俺はそんなに鈍《にぶ》い男じゃない。悪いが、おまえがなにを言いたいかくらい、おまえの気持ちくらい――わかってる」

そうだ、亜月がなんのためにレベル上げなんて馬鹿《ばか》げたことを言い出したのか。

ここまで来て、それを理解できないほど俺の頭は悪くないようだ。

「ちぇっ、わかんないほうがよかったですね。先輩がもっと鈍ければ、ぬるま湯みたいなラブコメを続けられたのに」

「こいつはＲＰＧでもラブコメでもない。だから、亜月。おまえがなにを言いたいのかくらい、わかるんだよ」

「果たしてそうかな～？　亜月ちゃん、素直じゃないトコもありますから、意外と先輩のうぬぼれかもしれませんよ～？」

おい、おまえは芸達者なのが取《と》り柄《え》だろう。

その台詞《せりふ》、演技くさくて聞いてられないぞ。本当に……聞いてられねぇよ。

「……先輩、ツッコミ入れてくださいよ。あたしと話すときは、ふざけてもらわないと」

「真面目な話をしてるのに、ふざけるのは失礼だろ。俺はおまえより真面目だしな」

「そうですね、先輩は……真面目な人です。あたしが無理にやらせたレベル上げなんかにも付き合ってくれるくらい。そんな先輩だから、あたしはあなたのことが――」

「亜月、悪いが俺は――」

「風堂くんっ…………!!」

「「…………っ!?」」

突然《とつぜん》、響《ひび》き渡《わた》った大声に俺と亜月が同時にびくりとする。

す、凄い声だった……天使の澄《す》んだ声は、数キロ先まで届く大音声《だいおんじょう》でもあったらしい。

「亜月ちゃん、あなたは……そう、だったんですね……本当に風堂くんのこと……」

「彩陽……？」

俺が告った女の子は、妹の顔をじっと見つめていたかと思うと。

不意に俺のほうを、キッと厳しすぎるくらいの目で見た。

「ふ……風堂くん！　わたし、あなたのことは――き、嫌《きら》いです！」

「…………っ！」

この返事を予想しないわけではなかったのに――思っていた以上にきっぱりと断言されてしまった。

「だから……ごめんなさい！」

彩陽は、さっと身を翻《ひるがえ》して小走りに校舎へと向かっていく。

告白を断られたこともそうだが、女子に走って逃《に》げられるのもかなりクるな……。

「あんの、馬鹿姉っ……！　誰が、そんなことを頼《たの》んだ……！」

「亜月……？　頼んだってなんのことだ？」

「先輩も馬鹿！　姉も先輩も……あたしも、みんなみんな馬鹿！　なーにが名門校ですか、馬鹿ばっかですよ！」

亜月も姉と同じように身を翻し、こちらは校門のほうへと歩いて行く。

その場に取り残された俺に、じろじろと好奇《こうき》の目が向けられてくる。

俺もここにはいられない。いろいろな意味で。

「確かに馬鹿だ……優等生になったつもりなのに、今のは頭悪すぎる質問だったな」

劣等生は悪じゃないが、馬鹿は時には罪でもある。

馬鹿なままではいたくない。だから、行かなければならない。

彩陽と亜月、どちらに向き合うべきか――今、答えを出すべきときだ。

↓
↓
↓
↓
↓

ガタゴト、ガタゴトと電車が揺《ゆ》れている。

ドアのそばに立ったまま、あたしはスマホを見るでもなく、ぼーっとしてしまう。

ふと気になって、手鏡を取り出してメイクを確認。

電車で化粧直《けしようなお》しをするのは好きじゃないから、ただ見るだけ。

「…………」

あれ、なんかあたしって、もう……お姉ちゃんに似てないな？

高校生の頃《ころ》は一年の年齢《ねんれい》差があっても、あんなにもそっくりだったのに。

むしろ、お姉ちゃんより老けた……？　ていうか、ウチのお姉ちゃんってどんな顔だったっけ？

はは、我ながら薄情《はくじよう》な妹だなあ。

高校時代までは、あんなに姉に執着《しゆうちやく》してたくせに。

あたしは、幼い頃からずっと——姉になりたかった。

勉強でも運動でも姉にはまるで及《およ》ばない。いつだって、姉の背中は遠かった。

だけど、あたしには姉と瓜二《うりふた》つの容貌《ようぼう》と、あの人の立ち振《ふ》る舞《ま》いを完コピする器用さがあった。

そんなトコロだけ優れていても、まったくなんの自慢《じまん》にもならない。

でも、劣化《れっか》版ではあってもコピーはコピー。

誰《だれ》にもあたしの変装は見抜《みぬ》けない。

学園祭に潜《もぐ》り込んだあたしを誰もが姉だと思い込んだ。

あの人も——あたしを姉だと勘違《かんちが》いしたまま、気弱な人なら死を選びかねないくらいひどくディスってきた。

それでも、別に腹は立たなかった。

悪口を言われてるのはあたしじゃないし——なにより、姉を妬《ねた》む彼には同類への共感しかなかったから。

最初は、ちょっとからかってやれと思って声をかけただけだったのに。

気がつけば、あたしは姉に化けたまま——姉ではなく、あたしの言葉であたしによく似た人に思いつく限りの励《はげ》ましとも挑発《ちょうはつ》とも取れるような言葉をぶつけた。

下を向いてばかりではダメ、笑われてもいいから前へ——

それは、ずっとあたしが思っていたこと。

思っていても、できなかったこと。

言いながら、なんの意味もないだろうと思ってた。

なにを言ったって、この人もあたしと同じく負け犬のままなんだろうな——そう思ったけれど。

「言いたいこと言ってくれるじゃねぇか！　だったら、俺はおまえを——越《こ》えてやる！　おまえを追い抜《ぬ》いて、そのときに——俺もおまえに言いたいことをぶつけてやる！」

あの人は、唐突《とうとつ》に目を覚まして、あたしを——姉を追い抜くなんて言い出した。

なんなんだ、あんたは。つーか、最初に言いたいこと言ったのはあんたでしょ。

ちょっと、あたしに——姉にそれらしいことを言われたくらいで、いきなり態度変えんなよ。びっくりするわ。

ああ、そうか。この人は——あたしの想像以上に姉を意識してたんだろう。

あたしに負けないくらい、本気で姉を恨《うら》んで妬《ねた》んでいたんだろう。

その姉の言葉なら、もしかするとなにを言われても同じように急変したのかもしれない。

でもね、残念でした。

姉を越えられる人間なんていないいんだよ。

「言いたいことを言う？　なんです、そんなことでいいんですか？　ええ、いいですよ。あなたがわたしを追い抜いたら、どんな罵倒《ばとう》だろうとなんでも聞きますよ。約束です」

「あ、ああ」

あたしが小指を差し出すと、彼は戸惑《とまど》いながらも小指を絡《から》めてきた。

指切りなんて、子供のとき以来だった。

でも、指切りをしてたあたしは子供のように純粋《じゅんすい》じゃなかった。

あのときのあたしが考えてたのは——

ウチの姉は、見た目も中身も天使のようだけど——バケモノですよ？

あんなもん越えようなんて、自分もバケモノにならなきゃいけない——そんなの、無理に決まってるじゃん。

あんたはあたしと似てるけど、あたし以上の大馬鹿《おおばか》だよ。

そんなことを考えてた。考えてたのに。

死んだ目をしていたあの人は——大馬鹿だったはずのあの人は、そのバケモノ退治を成し遂《と》げてしまった。

あたしは興味がなかったはずの貴秀院《きしゅういん》を目指して必死に勉強して、入学してみればあの人は本当に姉を越えてしまっていた。

ああ、あたしはどこかであの人の成功を期待してたんだ。

身の程《ほど》知らずにも、太陽を目指すイカロスみたいに飛び上がったあの人は、蠟《ろう》で固めた羽であたしが絶対にたどり着けないと思っていた高みに届いていた。

そんなもん——好きになるじゃん？

んにゃ、あたしはあの人が姉を越えると言い出したときに、もう好きになっていたのかもしれない。

あたしがガラにもなく必死に努力なんかして、貴秀院に入ったのは——ただ、好きな人に会いたかっただけかもしれない。

まあ、当たり前のようにあの人は姉を好きになってたわけだけど。

あたしが騙《だま》したせいでもあるんだけど。

「どうせなら徹底的《てってい》に騙してやればよかったかなあ……」

「えっ？」

ガタゴトと揺れる電車の中で、近くに立ってた人が不意にこちらを向いた。

独り言のつもりが声に出ていたようだ。

おっと、しまった、しまった。

昔の写真なんか見たせいで、今日は過去の記憶《きおく》に浸《ひた》りがち。

今思い出してしまった学園祭は、あたしにとって言わば〝青春のスタート〟。

はは、青春とか笑っちゃうけど、まさにそうなんだよね。

美しい思い出。でも——そろそろ現実に帰らなきゃいけない。

もう制服を着て、男女三人で青春やってられた時代とは違《ちが》うんだから。

でも、もう少しだけ——もう少しだけ、あたしの〝青春のハイライト〟。

指切りして約束したとおり、先輩が姉を追い越して言いたいこと——好きだという気持ちをぶつけたあと。

先輩《せんぱい》が、あたしのところに来てくれたあのときのことを——思い出したい。

思い出したら、あの人にも話してやろう。

そうそう、あたしの〝青春のハイライト〟をあの人は〝一生の不覚〟って言ってたっけ。

まったく、失礼な人ですよ、あなたは。

でも、先輩が人生最大の失敗をやらかした相手は、姉じゃなくて——あたしですよね。

→
→
→
→
→

12　だって、先輩が好きになったのは

「亜月《あづき》っ……！」

「え…………⁉」

校門を出てすぐに亜月は走り出してしまい、追いつくのに時間がかかった。

こっちは仮にも男子だというのに、手こずらせてくれる。

亜月は頭脳では姉に及ばないが、運動能力は大差ないんじゃないだろうか。

「……なんで先輩がいるんですか？」

「まったくだ。ウザウザと追ってくるおまえに困り切ってたのに、今やこっちが追いかけてるんだからな」

「なんです、その擬音《ぎおん》は……」

俺のイメージにある亜月は、そんな音を立てながら近づいてきてるんだよ。

それはともかく、ずいぶん学校から離《はな》れてしまった。

昼休みのうちに戻《もど》るのは無理だな……というか、周りで見ていた生徒の中には、同じクラスの奴《やつ》がいたかもしれない。

その場合、むしろ戻りたくないな……。

「……腐《くさ》ってた頃も、授業だけはサボらなかったんだがな」

辺りを見回す。

すぐそばに、高台へ向かう階段があった。以前に亜月が上がろうと誘《さそ》ってきた階段だ。

ちょうどいいので、階段へと腰《こし》を下ろす。

この先の高台には公園があるらしいが、もちろんそんなところまで上がる体力はない。

「なにをご休憩《きゅうけい》してるんです……ていうか、ホントになんで先輩がいるんですか⁉　わかってますか、あたしは亜月ですよ⁉」

「亜月だが、残念じゃない」

「え……？」

「間違《まち》えたんじゃない。ちゃんと亜月だってわかって追ってきてる。彩陽《あやひ》の変装は雑だ、いくらなんでも間違えねぇよ」

二人が同時に逃《に》げ出してても、間違うことはなかっただろう。

「お姉ちゃんは、どうかしたんですか？　なんですか、あの亜月擬態《ぎたい》モードは……」

「いつもの天然が悪化したんだろう。何度もおまえに騙された俺じゃなきゃ、間違えるかもしれないがな」

教師は騙されたらしいし、意外とみんなあの変装した彩陽を亜月と勘違いするかもしれない。

ん？　なにか見逃《みのが》してるような……まあ、いいか。

「彩陽のド天然はともかく、ちゃんと亜月を追っかけてきたんだ」

「お姉ちゃんじゃなくて、あたしを……？　なんで？」

「もう彩陽には言いたいことは言い終わったからだ」

「……綺麗《きれい》さっぱりフラれてましたね。あの優しい姉があんな完膚《かんぷ》なきまでにフるとか、よっぽど嫌《きら》われてるんじゃないですか、先輩？」

「まったくそのとおりだよ」

「へ？」

「たとえ蛇蝎《だかつ》の如《ごと》く嫌ってる相手でも、あの彩陽があんなにきっぱり断るなんて、まったくらしくない。いいくらしくない」

「……ちぇっ、先輩はやっぱりラブコメ主人公にはなれませんよ。あまり察しがいいと、物語に起伏《きふく》がつかないじゃないですか」

「知るか、そんなもん。現実の物語は順調に進むに越したことはねぇよ。全然順調じゃなかったけどな、主に亜月のせいで！」

「ほほう、いろいろ根に持ってますね、先輩」

睨《にら》まれたって否定しない。残念ながら俺は聖人じゃないんでな。

「でも、先輩も気づいたんですね。お姉ちゃんが……嘘《うそ》をついたって」

「嘘かどうかまではわからねぇよ」

あなたのことは嫌いです――

告白の返事としては、ちょっと言い切りすぎてるくらいだ。

気の弱い人間が言われたら、世を儚《はかな》んで死を選びかねない。

まったくもって、天使の天詞《あまつか》彩陽らしくない。

「あの女、どこまでいい人ぶるつもりなんですかね。お姉ちゃんはあたしを馬鹿《ばか》にしてますよ」

「馬鹿にしてるわけじゃねぇだろ。確かに、亜月が頼んだわけじゃないが」

俺が言うのもなんだが――たぶん、彩陽は妹に気を遣《つか》ったんだろう。

亜月は、俺の告白を邪魔《じゃま》しにきた。

ラブレターにろくでもない追伸《ついしん》を加えたときとは違う、本気の妨害《ぼうがい》だった。

いや、邪魔どころか――俺に告ろうとしていた。

その返事は、悪いけれど決まっている。ほとんど言いかけてた。

彩陽が俺をバッサリと切り捨てるようにフったのは、俺にそれを言わせないためだろう。

妹の気持ちに気づいたからこそ、誤解の余地がない明確すぎる言葉で告白を断ってきた。

そして——俺が彩陽の思惑を理解できたのは、亜月が姉に怒りを見せたから。

ああ、やっぱり優等生になっちまったな、俺は。

告白なんていうロマンチック極まる展開を、理屈《りくつ》で分析《ぶんせき》しようとしてる。

「ねえ、先輩。お姉ちゃんにも驚《おどろ》きましたけど……先輩にもびっくりしましたよ。口ではいろいろ言ってるくせに、結局告れないと思ってました」

「自分で決めたとおりに行動しただけだ。彩陽にテストで勝ったら、告る。本来の俺のフローチャートどおりの行動だ」

「……どうしてですか？」

中間テストの結果が出てから一ヶ月にもなるだろというツッコミは受け付けない。

「なにがだ？」

「だって、先輩が好きになったのは——あたしじゃないですか！」

亜月は、座ったままの俺の前に立って身を乗り出してくる。

「学園祭で会ったのも、先輩を焚《た》きつけたのもあたしなんですよ!?　先輩は、あのときのあたしを好きになったんじゃないですか！」

「そうだったな。あのとき俺が好きになったのは——亜月だった」

「それじゃあ——」

「亜月を好きだったのは、あの日だけだ」

「…………っ！」

「次の日には、教室で彩陽を見て——あいつを目で追いかけ始めた。亜月を好きになった次の日に、俺は彩陽を好きになったんだよ」

「そんなのって……そんなのって！」

亜月は俺の肩《かた》を掴《つか》んで揺《ゆ》さぶってくる。

さっきは俺が彩陽の肩を掴んでたのに、今度は逆の立場に回ってる。

「俺には、天詞亜月が好きだった時間があった——でも、それはもう終わってるんだよ」

「……ひどいですね、追い討ちをかけてくるなんて」

亜月は、ふっと俺の肩から手を離した。

「お姉ちゃんは……なんでも持ってるんだから、先輩からの気持ちだけはあたしがもらったっていいじゃないですか！　あたしが告られたっていいじゃないですか！」

「彩陽がなんでも持ってるとしても、それは自分の力で手に入れたものだろ」

「先輩だけは別！　あたしがいなかったら——先輩は、ずっとお姉ちゃんを妬《ねた》んで恨《うら》んでるだけだったでしょ！」

「でも、そうはならなかった。おまえのおかげで立ち直れたんだよ、亜月――」

なにを偉《えら》そうに語ってるんだ、俺は。

だが、今は言葉を濁《にご》すことはできない。

もう彩陽に告ってしまった今、俺は前に進むしかなくなったのだから。

「今、俺が好きなのは天詞彩陽だ。彼女をずっと見て、追いかけてきて――やっと告るところまでこられたんだよ」

「断られたじゃないですか。嫌いだとまで言われたじゃないですか。告る前より状況《じょうきょう》は悪くなってますよ。最悪の結果ですよ」

「そうだよ、断られた。ただ――断られたってだけのことだ。一回断られたらあきらめなきゃいけないなんて、誰《だれ》が決めた？　テストだって何度も彩陽に負け続けて、挑《いど》み続けてやっと勝てた。今度も俺は、あきらめるつもりはない」

俺は立ち上がり、階段を数段上がる。

「学園祭のとき、俺の背中を押してくれたあいつの思いに応えるためにも」

「その〝あいつ〟が、今はそんなことを望んでないとしてもですか？」

「亜月、おまえが言ったんじゃないか。レベルを上げてラスボスに挑めって。そうだな、また断られた以上はもう一度レベル上げをしなくちゃな」

「も、もうそんなのはどうでもいいです！　わかってるんでしょ、レベル上げだのフローチャートだの、あたしが先輩《せんぱい》と一緒《いっしょ》にいるための口実だったって！」

「ずいぶん、ぶっちゃけたな」

俺は、思わず苦笑してしまう。

「意外に素直だな、亜月。でも、口実だったとしても、レベルを上げたのは間違いじゃなかった。俺が一人で彩陽に挑んでたら、天詞家に行くことも、日曜に彩陽と会うこともなかっただろうさ」

「……あたし、余計なことしちゃったのかな。隙《すき》を見て亜月ちゃんルートに引きずり込んでやるつもりだったのに」

「一年前の学園祭でも、今も、俺はおまえに引きずられてるのかもな。だが、俺が目指す先は自分で決めるって――っと！」

「危なっ⁉」

また階段を上がろうとして、つまずいてしまう。

そのまま転げ落ちそうになり――飛び出してきた亜月に支えられる。

「あっ、あっぶな～。なにしてんですか、先輩！　かっこつけながら足を踏《ふ》み外すとか、ばっかじゃないですか！」

「サ、サンキュー……めっちゃビビった……」

情けないことに、年下の女の子に抱《だ》き留められる格好で支えられている。

ホント、慣れないかっこつけをやるもんじゃない。

「あたしなら、いっつもウザいほどそばにいるから、こうやって支えてあげられますよ。

お姉ちゃんには……できないでしょ？」

「俺は……彩陽と支え合いたいとは思わない。一度だけなんとか勝てたが、これからもあいつとは競っていきたいんだよ」

「そんなの、恋人《こいびと》じゃなくて敵じゃないですか……」

「俺のラスボスだからな、彩陽は。でも敵にもなれないような奴《やつ》は、天詞彩陽の隣《となり》に立つにはふさわしくないだろ。少なくとも、俺はそう思う」

「……そろそろ返上しましょうか」

「なにを？」

「お姉ちゃんのことを一番わかってるで賞、ですよ。さすが先輩、嫌ってた頃《ころ》も好きになったあとも、ずっとお姉ちゃんに粘着《ねんちゃく》してただけのことはありますね」

「調子が戻《もど》ってきたみたいだな、亜月」

「……そうです、そのとおりですよ。姉は、初めて〝敵〟と認識できた人に戸惑《とまど》って、今まで誰にも持ったことのなかった気持ちを持っちゃったのかも。ふふん、結局姉妹ですね。あの人も、意外とチョロい……」

「そんなに簡単でもねぇだろ。脈がないとは思わないがな」

彩陽が俺の告白に動揺《どうよう》していたのは確かだ。少なくとも、亜月が現れるまで返事に迷っていたのは事実だ。

今の俺には、それだけで充分《じゅうぶん》すぎる——

「つーか、もう離《はな》してくれて大丈夫《だいじょうぶ》なんだが」

俺が言うと亜月は腕《うで》を——俺の背中に回して、さらにぎゅっとしがみついてきた。

「イヤです」

「イヤって……」

「だって、今の顔見せられないもん……離れたら、見られちゃうよ」

確かに、完全にぴったりくっつかれているので、亜月の顔は見えない。

見えなくても——亜月の声に嗚咽《おえつ》がまじってるってことくらいはわかってる。

「どうしてかなあ……先輩はどうせお姉ちゃんに優しくフラれて、可愛《かわい》い亜月ちゃんが慰《なぐさ》めて、鮮《あざ》やかにカノジョの座に滑《すべ》り込むはずだったのになあ」

「俺は姉がダメになったら、妹に乗り換《か》えるような外道だと思われてたのかよ」

「外道でもいいです。あたしに都合のいい展開でさえあれば。でも——」

「ああ、そうはならなかった」

「たぶん、もう二度と現れませんよ。お姉ちゃんに勝っちゃうような、それでいてウザ絡《がら》みし甲斐《かい》のある人は……」

「亜月」

俺は、ぐっと力を込めて亜月の身体《からだ》を引き剝《は》がす。

亜月の大きな目からは、ぽろぽろと涙《なみだ》がこぼれている。

「あー、結局見られちゃったじゃないですか。見た目のよさだけが取り柄《え》なのに、こんなブサイクな泣き顔、見ないでくださいよ」

「悪かったな。でもな、亜月、おまえは見た目だけのヤツじゃない」

俺は階段の上から、亜月に向かって手を差し出す。

「俺が目を覚まして彩陽に勝って告ろうと思ったのも、ラブレターなんてクソみたいなやり方じゃなくて正面から告れたのも——亜月のおかげだ。おまえがきっかけをくれて、おまえがアホみたいな天国作戦を決行してくれたおかげなんだ」

「今、あたしは地獄《じごく》を見てますけどね」

「だから、俺には亜月が必要なんだと思う」

「は――？」

亜月が、ぽかんと口を開ける。

「まだ俺は彩陽の隣に立ててない。亜月がお膳立《ぜんだ》てをして、邪魔をして、それを乗り越《こ》えていけば、レベルを上げていけば――あいつの隣にたどり着ける気がするんだよ。だから――俺の近くにいて、ウザ絡みでもなんでもしてくれ」

「ちょ、ちょっとちょっと……！」

亜月は、慌《あわ》てたように手をバタバタさせる。

「お姉ちゃんと付き合うために、まだ手伝えって言ってるんですか!?　今はもう状況《じょうきょう》違《ちが》うでしょ！　先輩、あたしの気持ちってわかってます!?　とんでもない誤解してません!?」

「俺もそこまで鈍《にぶ》くはないつもりだ。わかった上で、頼《たの》んでる。亜月、俺のそばにいろ」

「情熱的な台詞《せりふ》なのに、一ミリも嬉《うれ》しくねぇー！」

今度は、頭を抱《かか》えて唸《うな》り始める亜月。リアクションのパターンが豊富だ。

「俺はレベルを上げて、また彩陽に挑む。おまえもそうしろ。レベルを上げて、俺に挑んでこい。よかったな、顔は俺の好みにドンピシャだ」

「顔だけ!?　それもあんま嬉しくないです！」

「彩陽攻略《こうりゃく》に協力してくれれば、亜月の評価も上がるぞ。一度しか言わないが、亜月のことも嫌《きら》いじゃ——いや、おまえは可愛い後輩《こうはい》だよ」

「…………」

じーっと、俺を睨《にら》んでくる亜月。

思い切って言ったんだが、あまり信用されていないらしい。

「……メチャクチャ邪魔《じゃま》しますよ。あたしはまだ本気出してないですからね？」

「なにかが起きなきゃ、俺は先に進めないんだよ。メチャクチャやってもらえば、一気にレベルも上がるだろ」

「くっそ、この人強すぎる！　さすが、あの姉に並ぼうとするだけのことはありますね。マジであたしには遠慮《えんりょ》する理由がないんですよ？　お姉ちゃんのことは嫌いだし、先輩を渡《わた》すなんて冗談《じょうだん》じゃない！」

「俺も彩陽は嫌いだったが、今はご覧のとおりだ。おまえも変わるだろ」

「なにを根拠《こんきょ》に……」

「考えてみれば、俺とおまえは確かに同じだよな。振《ふ》り向いてくれそうもない相手を追いかけてる。それに——亜月だって、彩陽のことは好きなんだろ？」

「………っ！　ど、どうしてそう思うんですか……」

亜月は、一瞬《いっしゅん》顔を伏《ふ》せて、すねたように言ってきた。

「好きでもない相手を、あそこまで完コピできるかよ。好きすぎて、目が離せないくらい見続けてきたからこその、ニセ彩陽だろ」

「……先輩はおめでたいですね。あたしは、そこまで単純でもないですよ」

「否定はしてないな。ところで——手を伸《の》ばしてるのも、そろそろ疲《つか》れてきたんだが」

「本当に先輩は……本当に面倒《めんどう》くさい先輩ですよ。初めて会ったときから面倒くさくて、世話が焼ける……ウザい先輩です」

亜月は小さくため息をついてから——俺に向かって手を伸ばしてきた。

俺は、その手をしっかりと摑《つか》んで握《にぎ》り込む。

「先輩、実はあたしって、かなりあきらめが悪くてしつこいタチなんです」

「そこも俺と同じだな。俺もあきらめの悪さとしつこさじゃ誰にも負けない。俺が嫌い？上等じゃないか、そんな強い言葉こそひっくり返す価値がある」

「じゃあ、似たもの同士——手を組みますか。といっても、あたしは亜月ちゃんルートを狙《ねら》いますけどね！」

「望むところだよ——っと！」

亜月が急に握り合っている手に力を込めて引っ張り、また体勢を崩《くず》しそうになる。

俺はぐいっと引っ張られ——亜月の顔が一気に迫《せま》ってくる。

「っとっとと……！　あっぶねぇ……！」

「ちっ、惜《お》しい……」

危なく、亜月の顔に——いや、唇《くちびる》にキスするところだった。

かろうじて踏みとどまって、ギリギリのところで唇に触《ふ》れずに済んだ。

「あきらめが悪くてしつこい上に、油断も隙もないんです。知ってました？」

「よーく知ってるよ……」

少しばかり油断しすぎたようだ。亜月を甘く見るとこうなる。

「あ、そっか。あたしは先輩公認でお邪魔をするんだから、キスするならお姉ちゃんの前でやらなきゃダメですよね。しっぱいっ★」

「それだけはマジでやめろ！」

そこまでやられたら、俺が妄想《夢見る》する彩陽とのバラ色の未来がガラガラと崩壊《ほうかい》する。

亜月の場合は、マジでやりかねないのが怖《こわ》いところだ。

だが、俺には亜月が必要で——諸刃《もろは》の剣《つるぎ》にもほどがあるが、今さら引き返せない。

俺が好きな女子とその可愛い妹との物語は、始まってしまったのだから。

エピローグ

六月も終わりが近づき、気温は日ごとにぐんぐん増している。

教室のエアコンも設定温度が下げられ、生徒たちは暑さにわずらわされることなく、勉強に励《はげ》める。

放課後もエアコンが効いているのが、特にありがたい。本当にありがたいんだが――

「ああーっ、やべぇ、やべぇよ……！」

俺は誰《だれ》もいなくなった教室で、一人ガリガリとノートにシャーペンを走らせている。

なにがヤバいかって、もちろん勉強の遅《おく》れだ。

貴秀院《きしゅういん》でトップを取るというのは、生半可《なまはんか》な努力では達成できない。

過去の学年首席が「全国模試でトップを取るほうがまだ楽」と言ったとか言わないとか。

なのに、俺としたことが……！

ここしばらくのドタバタで、すっかり勉強が遅れている。

いつの間にか、期末テストが間近に迫っているというのに、なんてことだ。

このままだと、あいつに勝つどころか他の上位陣《じょういじん》にも抜《ぬ》かれかねない。

「今日も精が出ますね、風堂《ふどう》くん」

「…………」

　ぴたり、とシャーペンが止まった。

　普段《ふだん》なら、雷《かみなり》が落ちても微動《びどう》だにせず勉強を続けられるのに。

　俺の荒《あら》ぶるシャーペンを止められるのはこの世にただ一人――

「精が出ますね、なんて話しかけてくる女子高生は日本でおまえくらいだぞ、彩陽《あやひ》」

「わたしは普通《ふつう》に使いますけど……風堂くん、本当に頑張《がんば》りすぎじゃないですか？　期末まであと一週間、勉強はほどほどにして体調を整えていくというのも一つの手ですよ？」

「試験が終わってからなら、二、三週間倒《たお》れていても問題ない。ウチは期末のあとも普通に授業があるのが難点だが」

「それ以上の難点があります！　二、三週間も倒れていたら重症《じゆうしよう》ですよ！」

「そのくらいやらないと、彩陽には勝てないだろ？」

「そこまでされたら、わたしが勝った場合、罪悪感が……！」

「心配はいらない。次も俺が絶対に勝つ！」

「わたしが心配してるのは、風堂くんの身体です！　ああっ、どうしたらそんな無茶をやめてくれるんですか！」

彩陽が、さらさらの黒髪《くろかみ》を振り乱して悩《なや》んでいる。

悪いが、俺自身にだって止められないのだから、いくら悩んでも無駄《むだ》だろう。

「……そうでしたよね。風堂くんってわたしを……だったら……」

「ん？」

不意に、彩陽が頬《ほお》を染めてもじもじし始めた。

それから、じりじりと俺の席に近づいてくる。

「キ、キスでもしてあげたら……思い止《とど》まってくれますか？」

「…………」

「ごめんなさい、こんなはしたないこと……でもわたし、この前はあんなこと言いましたけど、本当はあなたを……」

彩陽は、俺の前で軽く屈《かが》みつつ顔を近づけてくる。

大きな瞳《ひとみ》を閉じ、わずかに開いた唇から吐息《といき》が漏《も》れていて――

「つーか、いい加減にしろ、亜月《あづき》」

「うきゃんっ」

まさに唇が触れ合う寸前、俺は彩陽の――亜月の頭を摑んでぐっと引っ張った。

ずるっ、とその黒髪のウィッグが外れる。

「ぎゃーっ、気づいてたんですか！　実はどさくさにまぎれて、亜月ちゃんとちゅーしたかったんじゃないんですか～？」

「からかう前に言うことあるだろ。先輩《せんぱい》、性懲《しょうこ》りもなく化けてごめんなさい、だ」

「ぎゃーっ、ほっぺ痛い痛い！」

俺は亜月の頬を片手でつまんで、軽く引っ張る。ぷるんととろけるように柔《やわ》らかい頬だ。そんなに力を入れてないのに、騒《さわ》がしい。

「もーっ、乙女《おとめ》のほっぺたにひどいですね！　これは、ちゅーして癒《い》やしてもらうしかありませんよ！」

「俺の唇にそんな特殊《とくしゅ》効果ねぇよ」

「亜月ちゃんのちゅーにはヒーリング効果ありますよ！　試してみますか～！」

「ちょっ、待てこら！　いきなりなにしてるんだおまえ！」

「先輩があたしを好きになっちゃうのが、最大の邪魔になるじゃないですか！　ふふん、観念してあたしで手を打てばいいんですよ！」

亜月は、俺の首に手を回してまた顔を近づけてくる。

唇を尖《とが》らせて、楽しそうにキスしようとしてる。

俺が止めてなかったら、本当にキスされちゃってるぞ！

「亜月ちゃん、わたしの教室なんかでなんの御用《ごよう》──って、なにをしてるんですか⁉」

「あ、彩陽っ⁉　おいこら、亜月てめえ、またハメやがったな！」

教室の扉《とびら》のところに現れたのは、今度こそ間違《まちが》いなく天詞《あまつか》彩陽。

亜月め、キスしてるところを彩陽に見せようと狙ってたな！

「ダ、ダメですよ、こんなこと……」

「んん？」

「お姉ちゃん……？」

彩陽は、教室に入ってくると俺と亜月の肩《かた》を掴んでぐいっと引き離《はな》してきた。

天使にしては妙《みょう》に強引で、ちょっと驚《おどろ》いてしまう。

「お、お付き合いするなら、きちんと順番を守らないと。亜月ちゃんは自由すぎますし、風堂くんは流されやすいようですね……い、いけませんよ」

彩陽は人を叱《しか》ることに慣れていないようで、口調がたどたどしい。

というか、なぜ叱られてるんだ、俺たち。

「いや、別に亜月と付き合うわけじゃ──」

「もー、先輩ったらクラスメイトの前だからって照れちゃって。あたしのほうがお姉ちゃんより可愛《かわい》いって言ってくれたじゃないですかｗ」

「は⁉　俺は可愛い後輩《こうはい》としか言ってな――って、くそっ！　いらんこと言った……！」

「えっ……か、可愛いって……」

今度はオロオロし始める彩陽。どうしたんだ、さっきから。

「そ、そういうことでしたら……お二人が清く正しくお付き合いできるようにわたしが見守らせていただきます。天使みたいに可愛い妹を守るのも、わたしの役目ですから！」

「て、天使……？　亜月が？」

「え？　わたしにはずっと天使みたいなものですが……ですから、〝天使計画〟とでも名付けて、確実に遂行《すいこう》しましょう」

この悪魔《あくま》が天使に見えてるのも気になるが……亜月の作戦名と似てるぞ。

「あの、お姉ちゃん？　作戦名はいいけど、わざわざ見張らなくても……」

「た、たたでさえ……亜月ちゃんと風堂くんは大変なことになってるんですよ！　校内の噂、お二人もご存じですよね！」

「うっ……これぱっかりは亜月は悪くねぇんだよな……」

「これぱっかりはって！　いつもあたしが悪いみたいに！　言っときますが、二人が起こした騒ぎ、シャレになってませんからね！」

びしぃっ、と亜月が俺と彩陽を順に指差してくる。

「校内では〝まぐれで学年一位になった風堂とかいう奴《やつ》が、天詞彩陽の妹に告った〟って噂で今も盛り上がってますよ」

「くっそ、こっちの失敗のほうがシャレにならねぇ……！」

そう、俺が告ったときの彩陽は亜月に変装したままだった。

他の生徒には――俺が告った相手は亜月にしか見えなかっただろう。

おかげで、亜月が言ったとおりの悪夢のような噂が校内で蔓延《まんえん》している。

亜月が二人いたことについては、告白のインパクトにまぎれて忘れられたようだ。

そっちのほうが明らかにおかしいだろ。話題にするべきだろ。納得いかねぇ。

「本当にごめんなさい、風堂くん……わたしが血迷って変装なんかしたせいで……」

「血迷ったたって。い、いや、彩陽は気にしなくていい」

変装のことはどうでもいいが――

できれば、俺からの告白を再検討していただきたい。

だが、彩陽はあの告白のことを蒸し返そうとしない。

時々、俺になにか言いたげな顔をするが、結局黙《だま》ったままだ。

そりゃ、周りがこんな噂で盛り上がってる状況《じょうきょう》では、あのキツすぎた返事の言い訳もしづらいだろう。

もしも彩陽が俺の告白を受け入れてくれても——亜月《いもうと》に告ったのに彩陽《あね》と付き合っているという、わけのわからない話になる。

もちろん、いつかまた告る。今度こそ、彩陽の本当の気持ちを聞くために。

だがそれは、しばらく先の話になりそうだ。

天国作戦と天使計画——成功するのは、どっちなのだろう。

「さあ、先輩！　そろそろ根も葉もある噂をもっと盛り上げてやりましょうよ！」

「あ、亜月ちゃん、風堂くんが死にそうな顔をしてるので、そのくらいで……」

「先輩のそんな顔があたしにはご褒美《ほうび》ですから！」

「…………」

彩陽の気持ちは謎《なぞ》のままで、俺は彩陽が好きで、彩陽の可愛い妹は俺のことが好き——らしい。

奇妙《きみよう》で歪《いびつ》な三角形を描《えが》くこの関係は、まだまだねじ曲がったまま続きそうだ。

あとがき

はじめまして、あるいはお久しぶりです。鏡遊《かがみゆう》です。

今作はファンタジア文庫さんでは初の、ファンタジー要素ゼロの現代ラブコメです。

次回作はちょっぴりエッチな作品にしようという話で始まったのですが、気づけばラブコメになっていました。知る人ぞ知る、割とエロめの作品も書いてるそんな僕ですけど、ド直球な現代ラブコメも大好物なんですよね。今は、良い方向転換《てんかん》だったと思います。

ただ、担当さんとの話し合いの末、シリアスな要素も盛り込んでます。若きシナリオライターだった熱い時代を思い出しましたね。昔はド真面目なお話も書いていたんですよ。

ウザ可愛い……だけでもない後輩《こうはい》ちゃんをヒロインにしつつ、面倒《めんどう》くさい主人公や三角関係っぽいラブコメなど、好みの味付けをたっぷり濃厚《のうこう》に仕上げました！

気に入っていただけると嬉《うれ》しいですね。


ところでこの作品……原稿《げんこう》の最終段階で担当さん交代という驚《おどろ》きの展開が！

以前、企画《きかく》の最終段階で担当さん交代という悲劇があったのですが、もう原稿も終わりという大詰《おおづ》めまで来て交代されるとは夢にも思いませんでした……。

とはいえ、新担当さんには僕と前担当さんが進めてきた内容を尊重していただいて、なんだかんだで前担当さんも続けて手伝ってくださって、ブレることなく完成できました。新担当さんとのドツき合いも覚悟《かくご》していただけに、嬉しさもひとしおです。

なつめえり先生、素晴らしいイラストをありがとうございます！

表紙イラストの作画を生放送で配信されていたのには驚きました！　実はコソコソと拝見していましたが、ちょっと目を離《はな》して、ふと配信画面を観ると亜月がネコミミ眼鏡っ子になっていて「!?」でした（笑）。あのイタズラ描《が》きもなんらかの形で表に出してほしいくらいです！

現担当さん、前担当さん、いろいろご迷惑《めいわく》をおかけしましたがありがとうございました。

この本の制作・販売《はんばい》に関わってくださった皆様《みなさま》もありがとうございます。

そしてなにより、読者の皆様に最大限の感謝を！

それでは、またお会いできたら嬉しいです。

鏡遊

お便りはこちらまで

〒一〇二―八一七七
ファンタジア文庫編集部気付
鏡遊（様）宛
なつめえり（様）宛

富士見ファンタジア文庫

妹《あたし》のほうがお姉《ねえ》ちゃんより可愛《かわい》いですよ、先輩《せんぱい》？

令和2年7月20日　初版発行

著者――鏡遊《かがみゆう》

発行者――三坂泰二

発　行――株式会社KADOKAWA
〒102-8177
東京都千代田区富士見2-13-3
0570-002-301（ナビダイヤル）

印刷所――株式会社暁印刷

製本所――株式会社ビルディング・ブックセンター

ISBN978-4-04-073727-0 C0193 ◇◇◇

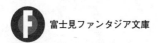

切り拓け！キミだけの王道
ファンタジア大賞
原稿募集中！
賞金
《大賞》300万円
《金賞》50万円
《銀賞》30万円
選考委員
細音啓「キミと僕の最後の戦場、あるいは世界が始まる聖戦」
橘公司「デート・ア・ライブ」
羊太郎「ロクでなし魔術講師と禁忌教典《アカシックレコード》」
ファンタジア文庫編集長
前期締切 8月末日
後期締切 2月末日
公式サイトはこちら！ https://www.fantasiataisho.com/
イラスト／つなこ、猫鍋蒼、三嶋くろね